아
웃
렛

아
웃
렛

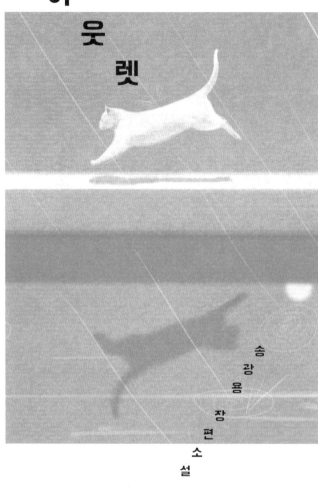

송
광
용

장
편

소
설

나무옆의자

차례

프롤로그

나는 자전거 바구니 밖으로 고개를 내밀고, 마주 불어오는 바람에 맞섰다. 바람이 내 수염을 붙잡고 늘어졌다. 바람이 신고 온 냄새가 내 콧속을 간지럽혔다. 들풀의 냄새, 강물의 냄새, 어린 새의 날개 깃털 냄새, 가끔 지나가는 자동차의 냄새. 몸속의 묵은 공기가 씻겨 나가고, 그 자리를 새로운 공기가 채웠다.

내 사랑 아그네스가 길가를 달리고 있을 것만 같아서 자꾸만 길로 시선을 돌렸다. 불어오는 바람에 눈을 뜰 수 없을 때면 뒤를 돌아보았다. 그러면 집사님이 나를 보고 미소 지었다.

"바람 좋지?"

이제 소녀에서 성인이 된 집사님은 자전거를 타는 데 능숙했다. 헬멧 아래로 보이는 귀밑머리 몇 가닥이 격렬하게 춤을 췄다.

오후의 자전거 도로엔 사람이 거의 없었다. 바람에 눈이 시려서 잠시 눈을 감고 있었다. 부스럭거리는 소리에 고개를 들어 보니, 챙만 있는 모자를 쓴 할아버지가 손에 비닐봉지를 들고서 자전거 도로 옆 산책로를 걷고 있었다. 몸에 달라붙는 자전거용 레깅스를 입은 중년의 아주머니가 경적을 울리며 우리 자전거를 앞질러 갔다. 우린 강의 지류가 보이는 길을 지나서, 작은 다리로 올라섰다.

집사님은 다리로 오를 때 긴 숨을 한 번 토해냈다. 다리를 지나자, 다리 아래쪽 자전거 도로로 이어지는 내리막길이 보였다. 집사님은 내리막길로 자전거를 몰았다. 내리막이 시작되는 지점에서 자전거는 잠시 멈추는 듯하더니, 이내 급하게 하강했다. 강바람이 우리를 향해 정면으로 부딪혀 왔다. 난 다시 눈을 감으며 고개를 숙였다. 바람이 내 하얀 털에 여러 갈래의 길을 내며 나를 통과해 갔다. 집사님이 브레이크를 살짝 잡았는지, 바퀴에서 끼익 하고 마찰음이 들렸다.

가속이 붙은 자전거가 자전거 도로로 들어섰다. 난 뒤를 돌아보았다. 집사님이 입을 앙다물고 있었다. 앞으로 고개를 돌렸을 때, 바람 때문에 눈물이 고였다. 그 눈물 너머로 검은 형체가 희미하게 보였다. 자전거가 조금 휘청거렸다. 기분 나쁜 냄새가 바람에 실려 얼굴로 확 끼쳐왔다. 집사님과 유라가 마시던 와인에서 맡아본 적 있었지만, 그것보다 훨씬 거칠고 날카로운 냄새였다. 누군가 앞에 있었다. 술 냄새를 풍기면서.

집사님이 브레이크를 여러 번 나눠 잡는 것 같았다. 자전거의 속도가 조금 줄어들었지만, 바로 세우기는 어려운 속도였다. 눈을 꼭 감았다가 다시 앞을 봤을 때, 어떤 남자가 휘청거리며 자전거 도로로 걸어오고 있었다. 집사님은 핸들을 틀었다. 마지막으로 뒤를 보았을 때, 집사님의 입에서 날카로운 비명이 터져 나오고 있었다. 아악!

집사님이 방향을 틀었지만, 남자 역시 같은 방향으로 몸을 움직였다. 자기 몸을 제어할 수 없었다는 게 정확한 표현이었다. 좁은 길에서 마주친 두 사람이 서로 피하려다 같은 방향으로 몸을 움직인 것 같은 상황이 되었다. 결정을 내릴 수 있는 건, 집사님 쪽이었다. 집사님은 다시 한번 핸들을 꺾었다.

내리막이 끝날 무렵이었다. 크게 방향이 바뀐 자전거가 출렁거리더니, 자전거 도로 옆의 경계석에 바퀴가 부딪히며 튀어 올랐다. 큰 진동과 함께 우리는 허공으로 솟아올랐다. 난 바구니 바닥에 몸을 웅크렸다. 자전거가 땅으로 처박혔고, 난 바구니 밖으로 튕겨나가 길가로 떨어졌다. 집사님도 튕겨나간 듯했다. 사방의 모든 게 잠잠해지기 전에, 자전거 헬멧이 뭔가에 크게 부딪히는 소리가 났다. 거칠게 달려들던 바람과 자전거 프레임을 타고 전해오던 강한 진동이 아직 내 몸에 남아 윙윙거렸다.

한동안, 돌 위에 엎드려 있었다. 몸을 움직일 수가 없었다. 술 냄새가 희미해졌다. 집사님 덕에 자전거를 피한 남자는 자기 갈 길을 간 것 같았다.

시간이 얼마나 지났는지 모른다. 어디선가 사람의 목소리가 들렸다. 아까 우리를 앞질러 갔던 아주머니가 길을 되돌아오면서 쓰러진 집사님을 발견한 것 같았다. 아주머니가 우리를 앞질러 갈 때 맡았던 화장품 냄새가, 바늘귀를 통과하는 한 가닥 실처럼 조심스레 내 콧속을 파고들었다. 그녀는 다급하게 어디론가 전화를 걸었고, 얼마 지나지 않아 사람들이 와서 집사님을 옮겨가는 것 같았다. 난 길 한구석에 비죽이 웃자란 풀 아래에 있었기에, 누구도 날 볼 수 없었다. 난 냄새와 소리로 그 상황을 그려볼 수 있었다.

길에서 한바탕 소란이 지나고 다시 주변은 고요해졌다. 해가 지고 있었다. 난 몸을 좀 움직여보았다. 아까보다는 덜 아팠다. 몇 번의 시도 끝에 일어나서 걸을 정도가 되었다. 석양이 질 무렵, 길을 오가는 사람들이 좀 늘었다. 사람들이 내는 소리와 냄새가 자전거 도로를 맴돌았다.

난 근처에 자란 잡초를 이불 삼아 엎드렸다. 뭘 해야 할지 알 수 없었다. 지나가는 사람들이 엎드려 있는 나를 흘깃 쳐다보았다. 집사님의 자전거는 여전히 앞쪽 수풀에 박혀 있었다. 어둠이 내렸다. 서늘한 강바람이 내 등줄기를 타고 지나갔다.

난 자전거 옆에 있어야 했다. 집사님이 나를, 자전거를 찾으러 올 것이기 때문이다. 수풀 속 풀벌레들이 울기 시작했다.

집사님은 많이 다쳤을까. 그렇지 않다면, 벌써 나와 자전거를 찾으러 왔을 텐데.

오르막 위쪽 도로엔 차들의 불빛이 오갔다. 어둠이 짙어질 무렵, 차 하나가 오르막길 입구에 섰다. 용달차였다. 차에서 한 남자가 내리더니, 내리막을 성큼성큼 걸어서는 집사님의 자전거에 다가갔다. 남자는 바퀴를 발로 툭툭 치더니 자전거를 일으켜 세웠다. 그는 자전거를 끌고 다시 오르막길을 올랐다. 그러곤 자전거를 짐칸에 실었다.

난 당황했다. 자전거는 내 위치를 알리는 깃발이나 마찬가지였다. 나는 통증의 신호를 보내는 몸을 일으켜서 자전거를 쫓아 달려 올라갔다. 남자는 이미 운전석에 타고 있었다. 자전거를 놓치면 망망대해에 홀로 표류하는 신세가 되고 말 것 같았다. 난 이를 악물고 짐칸으로 뛰어올랐다. 등짝에 묵직한 통증이 느껴졌다. 자전거 곁에 엎드렸다. 자전거를 집사님에게 가져다주는 거죠? 그런 생각을 하며 잠시 졸았다. 고단한 하루였으니까.

차는 한참을 내달리다가 어느 순간 멈추었다. 이미 바람 속 냄새는 달라져 있었다. 꽤 멀리 온 게 분명했다. 차문이 열렸다가 닫히는 소리가 들렸다. 앞쪽에서 담배 냄새가 훅 끼쳐왔다. 일순간 냄새가 더 진해졌다. 고개를 들고 올려다보니, 남자의 손이 내 목덜미까지 와 있었다. 남자가 나를 들고 자기 얼굴 앞으로 가져가 뚫어지게 쳐다보았다.

"야옹아, 대체 언제 탄 거야? 미안하지만, 여기 네 자리는 없어."

그는 나를 캄캄한 허공으로 내던졌다. 나는 망망한 우주 공간으로 밀려나는 기분이 들었다. 그 기분은 틀리지 않았다. 실제로 난, 내가 속했던 세계, 나의 우주에서 밀려나 낯선 행성에 불시착했다.

이전의 목숨을 잃고 새로운 나날들이 시작되었다. 고양이가 목숨이 아홉 개라는 말은 괜히 나온 게 아니다. 목숨을 아홉 개까지 쓸 수 있는 고양이는 행운아라 볼 수 있지만, 나처럼 집에서 태어난 고양이들은 누구든 단 하나의 목숨으로 살다 죽으려고 할 것이다.

1부

아웃렛의　아웃렛

나의 이름은

나는 집사님이 불러주던 이름을 버렸다.

지금 내가 머무는 곳은 작은 도시 근교에 있는 두 층짜리 아웃렛 주차장이다. 사람들이 얘기하기를, 두 개의 유명한 브랜드만을 취급하는 아웃렛이라고 한다. 규모는 작지만 꽤 많은 사람들이 오간다. 난 건물 뒤쪽의 주차장에서 지낸다. 이 근처는 몇 년째 개발 중으로, 곳곳엔 건물을 짓기 위해 터를 닦아놓았다. 구덩이를 파놓았는데 몇 년째 공사가 중단된 땅도 있다. 한때 희망의 청사진으로 가득했을 이 삭막한 땅을 20일쯤 배회하다가 아웃렛을 발견했다.

아웃렛에서 100일 넘게 지내는 동안, 누구도 내 이름을 불러주지 않았다. 이름 없는 고양이는 유령이나 마찬가지다. 내 존재는 투명에 가까워지고 있었다. 나는 내 색채를 붙잡기 위해 이름을 새로 지었다. 사람들이 이곳에서 가장 많이 내뱉는 말로.

"여기가 아웃렛이구나."

"여보, 일어나. 아웃렛에 도착했어."

"얘들아, 이제 아웃렛이야. 조심히 내리렴."

아웃렛. 난 하루에도 몇 번씩 이름이 불린다. 희미해지던 내 존재도 서서히 되살아나는 기분이 든다. 아웃렛에 사는 아웃렛. 꽤 괜찮은 이름이다.

이곳에 오래 있다 보니, 아웃렛이 어떤 곳인지 알게 되었다. 이곳 아웃렛으로 오는 옷들은 이미 여러 가게나 백화점을 거친 옷들이라고 한다. 어느 곳에서도 선택 받지 못한 옷들이 이곳으로 모여, 할인된 가격을 달고 마지막 선택을 기다린다. 그걸 알고서 '아웃렛'이라는 이름이 나와 꼭 어울린다고 생각했다. 나도 어쩌면 마지막일지도 모를 선택을 기다리고 있으니.

내가 태어난 지 3주 정도 되었을 때, 집사님을 만났다. 나는 집사님의 친구인 유라의 집에서 태어났다. 당시 막 스무 살이 된 집사님은, 고양이를 분양한다는 유라의 연락을 받자마자 달려왔다.

집사님은 형제들 사이에서 나를 집어 들고 유라에게 말했다.

"이 고양이가 맘에 들어. 완전 하얗잖아. 몸에 아무 무늬도 없네."

"난 다른 색 무늬가 섞인 녀석이 예쁘던데. 하얗기만 하면 아무 개성이 없어 보이잖아?"

"무슨 소리야? 하얗기만 한 고양이를 찾기 쉬운 줄 알아? 아무 색도 없는 게 오히려 개성 있는 거야. 난 이 녀석으로 할래."

"뭐, 좋을 대로. 잘 키워."

집사님은 두 손으로 나를 번쩍 들어 금세 얼굴과 얼굴이 닿을 거리에서 나를 요리조리 살폈다. 난 부끄러워서 발버둥을 치며 고개를 이리저리 돌렸다. 작게 야옹, 이라고 소리도 냈다. 그 모습이 귀여워 보였는지 집사님은 당신의 볼에 내 얼굴을 대고 비볐다. 내 짧은 털을 비집고 집사님의 살이 닿았다. 난 가슴이 두근거렸다. 그때로서는 뭐라 불러야 할지 모를 감정이 맞댄 살을 통해 마구 흘러들어 왔다. 갑자기 왈칵 눈물이 났다.

"애, 눈물을 흘려. 봐봐."

집사님이 유라에게 말했다.

"에이, 그럴 리가. 어, 정말이네? 하품을 했나?"

유라는 새끼들에게 둘러싸인 내 엄마의 등을 쓰다듬으며 대꾸했다.

"엄마를 떠나기 싫은 게 아닐까?"

"뭐, 그럴 수도."

"그렇다면 내가 데려가는 게 잘못인가?"

집사님은 나와 엄마를 번갈아 보며 조금 슬픈 표정을 지었다.

난 그게 아니라는 뜻을 전하기 위해 몸을 버둥거렸다. 집사님이 방심하는 사이에 두 손에서 빠져나와 집사님의 가슴을 꽉 붙잡았다. 집사님의 스웨터는 따뜻했고, 내가 붙잡기에도 좋았다. 난 힘껏 소리를 질렀다. 야옹!

"어머, 얘 벌써 너 좋은가 봐."

유라가 내 바로 손위 형제를 두 손으로 꺼내서 몸 구석구석을 살피며 말했다.

"그런가? 나한테 생선 냄새가 나는 걸까?"

난 집사님의 스웨터에 코를 박고 냄새를 맡았다.

"어머, 얘 봐. 네 말 알아듣나 봐."

집사님은 다시 나를 품에 꼭 껴안아주었다.

"내 버킷 리스트 하나가 이루어졌어."

"고양이 키우는 거?"

"보살피는 사람으로 살아보는 거. 병원에 있을 때 자주 생각했었어. 얘를 이제 잘 보살필 거야."

그렇게 난 집사님의 고양이가 되었다.

처음부터 사람과 함께 산 고양이들은 사람의 말을 어느 정도 알아들을 수 있게 된다. 개중에서도 유독 탁월한 고양이들이 있다. 이런 고양이들은 사람의 말을 무척 빨리 익히고 꽤 복잡한 말에도 반응할 수 있다. 내가 그런 고양이다. 다른 건 몰라도 언어 감각 하나만은 타고났다. 태어나고 2주가 지났을 때 난 유라가 하는 말을 대부분 알아들을 수 있었다. 다른 형제들과 엄마한테 유라의 말을 전해주기도 했다.

집사님 집으로 떠나기 전에 엄마가 말했다.

"잘 살아. 넌 사랑 받을 거야. 너 같은 고양이는 흔치 않거든."

그게 태어나서 엄마에게 들은 가장 따뜻한 말이었다. 엄마는 끝까지 사랑한다는 말은 하지 않았다. 엄마는 나와 형제들에게 생존에 필요한 최소한의 말과 행동 외에는 하지 않았다. 어쩌면 그것이, 곧 떠날 것이 분명한 나와 형제들에게 보여줄 수 있는 최선의 사랑법이 아니었을까, 하고 생각한다. 우리 고양이들이 태어나서 가장 먼저 준비하는 건 가족과 헤어지는 일이다. 떠나보낼 거면 마음을 주지 않는 편이 더 현명할지도.

집사님은 엄마와 많이 달랐다. 내게 늘 사랑을 표현했다. 그 사랑의 기억은 이제, 사람의 음식처럼 나를 아프게 한다.

고양이 쇼

주차장 한쪽에서 잠을 자고 일어나서는 아직 텅 빈 주차장을 천천히 걸으며 몸을 푼다. 전날 먹은 게 없어서 힘이 달려도, 직원이 손님을 맞이하는 준비 의식처럼 그렇게 한다. 그러면 여기가 꼭 내 집인 것 같은 느낌이 든다.

아웃렛 개장 시간에 맞춰 매일 차 한 대가 들어온다. 허리라인이 없는데도 꽉 끼는 원피스를 즐겨 입고 선글라스를 머리 위에 얹은 아주머니가 차에서 내린다. 그녀는 늘 휴대폰으로 누군가와 통화를 한다. 아주머니는 아웃렛의 옷들을 구매 대행한다. 전화 통화 내용을 들어서 알게 되었다.

좋은 직업 같다. 선택 받지 못했던 옷들이 아주머니의 소개와 함께 먼 지역으로 팔려 나가니까. 한번은, 혹시 나도 먼 지역이라도 좋으니 새 집사님에게 보내줄 수 있지 않을까 해서 아주머니가 오는 시간을 기다렸다. 그날은 더욱 신경 써서 세수를 했다.

역시나 늘 오던 시간에 차가 도착했다. 난 아주머니가 내릴 앞문 쪽으로 천천히 다가갔다. 아주머니가 문을 열고 휴대폰을 귀에 댄 채 내리고 있었다. 난 이렇게 물었다.

─혹시 저를 원하는 새 집사님이 있을까요? 저는 붙임성도 좋고, 사람 말도 잘 알아듣는답니다.

"미야옹."

내 입에선 모든 말을 함축해서 이 소리만 나갔다.

"아고, 깜짝이야!" 아주머니는 그녀의 발에서 불과 한 걸음밖에 떨어져 있지 않은 나를 발견하고는 놀란 모양이었다. 그녀는 들고 있던 휴대폰을 땅에 떨어뜨리기까지 했다. "이게 웬일이야!"

아주머니의 휴대폰이 내 발 앞에 떨어졌다. 난 아주머니를 놀라게 한 게 미안해서 휴대폰에 입을 대고 정성껏 핥아주었다.

"어머, 이걸 어째!"

"이야오옹."

난 아주머니를 향해 더 크게 소리쳤다. 안심하라는 뜻이었다.

그때였다. 아주머니가 갑자기 신고 있던 구두를 벗더니, 내리치려는 동작을 했다. 난 깜짝 놀랐다. 구두 뒤축은 아주 단단해 보이는 통굽이었고, 그게 머리를 강타한다면…… 아찔했다. 난 황급히 뒤로 몇 걸음 물러섰다. 아주머니는 재빨리 휴대폰을 집어 들더니, 몸을 휙 돌려 위험에서 벗어나듯 종종걸음으로 주차장을 빠져나갔다. 그녀는 아직 전화를 끊지 않은 상대에게 말했다.

"아침부터 십년감수했어. 아웃렛에 도둑고양이가 웬 말이니. 휴대폰 박살 날 뻔했지 뭐야."

난 사람들에게 꽤나 귀여움을 받던 고양이였는데, 이 아주머니는 왜 이러는 걸까. 난 한 가지 깨달았다. 내가 사람들에게 부드러운 손길을 받았던 것은, 내가 귀엽거나 앙증맞기 때문이 아니란 걸. 사람들이 마음껏 날 귀여워할 수 있었던 건, 집사님이 내 곁에 있었기 때문이다.

고양이 곁에서 사람이 떠나는 순간, 그 고양이는 못 믿을 존재가 된다. 언제 손가락을 물지 모르고, 기생충을 옮길지 모르는 존재. 통제되지 않고, 야생의 폭력성을 그대로 간직하고 있는 고양이 말이다. 난 바뀐 게 없는데, 그대로인데.

아주머니가 통굽으로 나를 위협하는 모습을 본 다른 이가 있었다. 스무 살은 된 것처럼 보이는 늙은 고양이가 차 세 대쯤 건너에서 한 아저씨의 품에 안겨 내게 말을 걸어왔다.

"그렇게 애쓰지 마라. 그러다가 다친다. 그렇게 되면 다시 네게 집사가 생기는 일은 없겠지."

"할머니, 무슨 말이에요?"

늙은 고양이를 든 아저씨는 아웃렛에서 누가 나오기를 기다리고 있는 것 같았다.

"언젠가 넌 새 목숨을 살 거야. 네게 집사가 하나 더 있다는 뜻이지. 내 눈엔 그게 보인단다. 뜻하지 않은 곳에서 네가 모든 걸 포기했을 때, 그는 나타날 거야."

"무슨 말이에요? 할머니는 예언자라도 돼요?"

"요물이지. 사람들은 날 그렇게 불러."

요물로 불리는 고양이에 대해서는 예전에 들어본 적 있었다. 그들은 앞으로 일어날 일을 알아차린다고 했다.

"그러니까, 집사님이 저를 되찾을 거라는 얘긴가요?"

"그게 누군지는 알 수 없어. 그저 한 번 더 집사와 살 기회가 보인다는 거야. 그러려면 살아남아. 오늘처럼 까불지 말고."

아웃렛에서 아저씨의 아내로 보이는 여자가 나왔고, 요

물은 집사가 어떤 사람이냐는 내 물음을 가볍게 따돌리고 는 아저씨와 함께 차 안으로 사라졌다.

희망이라는 건, 나를 무서울 정도로 바꿔놓았다. 대강 살다가 죽어도 그만이라는 생각에 함몰되어가던 나는 생의 의지를 다시 불태우게 되었다. 먹을 것을 얻기 위해서 차 지붕 위에 올라가 쇼를 하게 된 건 순전히 그 때문이었다.

내가 갑자기 다가가면 사람들은 놀랄 것이다. 나를 모르기 때문이다. 사람들에게 나를 알릴 충분한 시간이 없다. 그 문제를 해결하기 위해서, 난 사람들이 들어오면서부터 나를 잘 볼 수 있도록 차 지붕 위에 올라가 있기로 했다.

쇼가 시작되면 차에 탄 사람들은 신기한 듯 나를 바라본다. 난 지극히 고양이다운 행동을 한다. 앞발로 세수를 하거나, 발의 털을 혓바닥으로 핥아 정리한다. 가끔 고양이 펀치를 날리고, 차에서 내린 사람들이 나를 가까이서 보기 위해 다가오면 앞다리를 쭉 뻗어 기지개를 켜기도 한다. 사람들은 열에 아홉, 내 모습을 보며 웃거나 탄성을 질렀다.

"아가야, 저길 봐. 고양이란다. 고양이한테 야옹, 해봐. 고양이 안녕, 해봐."

아이와 함께 온 손님에겐 특별히 여러 번 야옹 하고 소리를 내준다. 그러면 아이도 대부분 따라서 야옹 한다. 이쯤 되면 먹을 걸 얻을 가능성은 높아진다. 아이와 함께 온 가족은 내가 좋아하는 요거트나 덜 자극적인 음식을 가지고 있을 확률이 높다.

그렇게 내 생존 확률은 높아졌다. 희망이든 거짓말이든, 이게 다 늙은 요물 고양이가 건넨 한마디 덕에 일어난 일이다.

귓속말

저녁부터 보슬비가 내렸다. 뜨거웠던 대지가 식고 있었다. 조금 전에 주차장의 마지막 남은 불이 어김없이 꺼졌다. 속살거리는 빗소리가 귓속말처럼 들려 기분 좋았다.

낮엔 작은 소동이 있었다. 소동의 발단은 새끼 푸들이었다. 검은 중형 세단에 열다섯 살 소녀와 그녀의 엄마가 타고 있었다. 소녀의 품엔 푸들 한 마리가 안겨 있었다. 난 평소처럼 자동차 지붕 위에 올라가서는 그들이 차에서 내리는 모습을 지켜보고 있었다.

그들은 나를 발견하고는 이내 손을 흔들었다. 그들에게 먹이를 얻을 거라는 기대는 하지 않았다. 그들에겐 이미 푸들이 있었으니까. 난 그저 눈만 끔뻑이고 있었다. 그러다가 푸들과 눈이 마주쳤다. 푸들은 날 뚫어지게 쳐다보았다. 난 푸들의 눈빛에서 아그네스를 떠올렸다. 아그네스는 회색의 몸을 가진, 몸매가 날렵하고 눈이 깊었던 고양이다. 아그네스와 난 짧은 시간 연인이었다.

그 푸들은 아련하게 날 쳐다봤다. 이상했다. 개의 눈에서 고양이를 보았다는 게. 그때 내 마음에 던져진 작은 돌은 파문을 일으키며 번졌다. 소녀의 품에서 내려온 푸들은, 나를 올려다보며 꼬리를 흔들었다. 푸들도 내게서 뭘 봤던 걸까.

"푸딩이 왜 이래?"

소녀의 엄마가 말했다.

"엄마, 개랑 고양이랑 천적 아니야?"

소녀가 말했다.

"열다섯이나 먹은 애가. 얘, 책 좀 읽어. 천적은 서로 잡아먹고 먹히는 관계고, 개와 고양이 사이는 앙숙이라고 하는 거야."

"야, 푸딩, 저 고양이가 맘에 든 거야? 정신 차려. 쟤는 노숙자야. 너랑은 어울릴 수 없는 애라고."

소녀는 재미있다는 듯 킬킬거렸다.

나도 세상 물정 모르는 강아지와는 어울릴 생각 없거든?

저런 걸 두고 '중2병'이라는 말이 나왔겠지. 난 소녀의 말에 심통이 나서 위협적으로 포효했다. 내 모습을 보고도 푸딩이라는 강아지는 아예 자동차 앞에 멈춰서 격렬하게 꼬리를 흔들어대고 있었다. 그 광경을 보노라니 웃음이 나왔다. 녀석이 귀엽기도 하고 무작정 내게 호감을 표시하는 것에 기분이 좋아졌다. 한번 핥아주고 싶었다. 그래서 자동차 지붕에서 풀쩍 뛰어내려 강아지에게 다가갔다. 한 발 두 발 다가가자 소녀는 재빨리 푸딩을 두 손으로 들어 올렸다.

"조심해. 털에 세균이 득실거릴 거야."

소녀는 또 한 번 내 심사를 불편하게 만들었다. 푸딩은 들려 올라가면서도 내게 눈을 떼지 않았다.

"그것 때문인가." 소녀의 엄마가 푸딩의 머리를 쓰다듬었다. "푸딩을 데려온 애견 숍에서 그랬거든. 푸딩이 태어난 지 얼마 안 되었을 때, 엄마 없는 푸딩을 큰 고양이가 며칠 돌봐줬다고. 그걸 기억하고 있나 봐."

"그 고양이가 흰색이었대?"

"그건 모르지. 자세히는 몰라. 관리사가 지나가는 말로 얘기했거든. 푸딩이 엄마를 찾으며 밤새 낑낑거렸대. 관리사가 출산한 지 얼마 안 된 고양이를 옮기다가 푸딩을 지나치게 되었는데, 푸딩이랑 고양이 둘 다 서로에게 관심을 보이는 것 같더래. 그래서 잠시 같이 있게 해줬더니 푸딩도 안정되고, 고양이도 푸딩을 돌보더래. 그래서 며칠 같이 있었나 봐."

"그러곤?"

"그게 다야."

"그 며칠 때문에 푸딩이 저런다는 거야? 참, 알 수가 없네."

그 대화를 나누며 푸딩 일행은 주차장을 벗어났다.

특별한 관계는 그렇게 맺어진다. 개와 고양이는 사이가 나쁘다는 세간의 평가와 편견들 위에서 맺어지는 게 아니다. 일대일로 누군가와 대면하고 있을 땐, 그런 편견들은 사소한 일이 되어버린다. 그 순간엔 그저 서로의 냄새를 맡는 거다. 관계 맺기란 그렇게 지극히 개인적이고 비밀스러운 일이다. 어쩌면 그 엄마 고양이는 푸딩에게 이렇게 말했을지 모른다.

"가여운 것. 내가 네 엄마가 되어줄게. 내가 할 수 있는 한 말이야. 비록 나와 떨어지더라도 널 사랑하는 엄마가 있었다는 걸 잊지 말고, 잃어버린 것 말고 다시 얻을 것에 집중하렴."

이제 와서 생각하면 집사님의 마음을 채워주지 못해서

미안한 마음이 든다. 집사님은 나를 가득 채워주었는데 말이다. 당시에도 그걸 알았지만 난 아무럼 어때, 라고 생각했다. 내 마음이 채워졌으니 괜찮다고. 받는 데 익숙했고, 도도하게 굴었다. 이래서 사람들이 고양이보다 개를 좋아하나 보다.

낮에 일어난 소동의 결말은 이러하다. 푸딩이 달려오는 게 보였다. 쇼핑이 끝난 모양이었다. 소녀가 푸딩을 붙잡기 위해 소리를 지르며 뒤따르고 있었다. 그 모습이 마치 느린 화면처럼 보였다. 푸딩은 차 밑 그늘에서 잠시 휴식을 취하던 내게 곧장 달려왔다.

나도 벌떡 일어나서 푸딩에게 달려갔다. 다행히 우린, 푸딩이 소녀에게 붙잡히기 전에 닿을 수 있었다. 푸딩은 내 얼굴을 맛있는 뼈다귀처럼 핥으며 낑낑댔다. 아마도 그 옛날 새끼 때 잠시 만났던 어미 고양이에게 했던 행동이었겠지. 푸딩이 소녀에게 다시 들려 올라가기 전에, 난 뭐라도 해야 한다고 생각했다. 재빨리 푸딩의 목에 내 목을 교차해 붙이고는 귀에 대고 속삭였다.

"잘 컸구나, 아가야. 저들의 마음으로 네 마음을 다 채우렴. 이 어미의 공간은 남겨두지 말아. 잃은 거 말고 얻을 것에 집중해."

소녀에 의해서 푸딩은 공중으로 들렸다. 푸딩은 날 향해 한 번 컹, 짖고는 차 안으로 사라졌다. 알았다는 대답으로 믿고 싶다.

가을이 오고 있었다. 하늘이 깊어지고 별이 예닐곱 개 반짝였다. 어둠에 익숙해지니 주위가 잘 보였다. 몰랐던 마음도 조금씩 보이는 것 같다.

새 희망

배불렀던 적이 언제였는지 기억나지 않는 날들이 이어졌다. 그날은 유독 배가 고파서, 이러다 쓰러지겠다는 생각까지 들었다. 사람들이 떨어뜨린 과자 조각이라도 찾으려고 주차장 둘레를 크게 돌았다. 마침 차가 들어왔다. 난 재빨리 차 지붕 위로 올라갔다.

초등학교 고학년쯤 되어 보이는 사내아이가 엄마 아빠를 이끌고 내 앞에 섰다. 난 차 지붕 위에서 쇼를 하다가 우뚝 멈췄다. 아이의 엄마는 여느 엄마들처럼 빨리 들어가자고 아이를 재촉했다. 아이는 듣는 둥 마는 둥, 내가 당황스러울 정도로 가까이 다가왔다.

"엄마, 흰 고양이야. 털이 좀 빠졌지만 잘 빗겨주면 예쁠 거야."

"그렇구나. 자동차 위에 올라가 있다니 좀 신기하네. 이 제 그만 들어가자."

"이 고양이가 날 보면서 웃어주고 있어."

아이의 말을 듣고 순간 흠칫 놀랐다. 난 정말 아이를 바라 보며 웃고 있었기 때문이다. 대부분의 사람들은 표정만 보 고는 고양이의 감정을 잘 읽어내지 못하는데.

"고양이가 좀 놀랐나 봐."

아이가 다시 말했다.

난 정말 깜짝 놀랐다. 아이가 내 웃음을 알아차린 것이 놀 랍고 신기하다는 생각을 하고 있었기 때문이다. 순간의 표 정 변화를 그 아이는 놓치지 않고 읽어냈다. 난 순간 울컥했 다. 어쩌면 이 소년이 세상에서 내 마음을 알아줄 두 번째 사람일지도 모르겠다는 생각이 들어서.

그 순간 난 먹이 이상의 것을 상상하게 되었다. 저 아이가 나의 새로운 집사님이 되어준다면! 요물이라는 고양이가 말한 그가 이 아이일지도. 요물을 만난 후로, 난 만나는 사 람마다 그가 날 구해줄 집사인지를 살피는 버릇이 생겼다.

난 아이를 향해 간절한 마음으로 울음을 울었다. 미이냐

오오옹.

아이는 날 향해 활짝 웃어 보였다.

"엄마, 아빠, 쟤가 나랑 살고 싶어 해."

아이가 그 말을 할 때는 이미 아빠에게 손목을 붙잡혀서 끌려가듯 주차장을 벗어나는 중이었다. 아이는 주차장을 완전히 나갈 때까지 내 눈을 계속 쳐다보았다. 우린 한눈에 서로를 알아본 남녀처럼 그렇게 시선을 맞추고 있었다.

그 뒤에 들어온 새로운 손님은 내 관심 밖이었다. 아이가 다시 돌아올 때까지 주차장 입구에서 배회했다. 아이가 아빠의 손을 잡고 다시 나타났을 때, 아이의 손엔 무설탕 플레인 요거트가 손에 들려 있었다. 아이는 요거트를 내게 보여주면서 말했다.

"야옹아, 너 주려고 십 분이나 걸려서 사 온 거야. 너 먹어도 되는 거 검색해봤어."

"덕분에 이 아빠의 셔츠가 땀에 젖었지."

아이의 아빠가 덧붙였다.

"엄마가 옷을 고르는 동안 아빠를 졸라서 다녀왔어. 자, 먹어."

아이는 뚜껑을 뜯어서 내게 건넸다.

"와, 잘 먹는다. 배고팠나 봐."

배가 고프기도 했지만 아이에게 고마움을 표현하기 위해서, 더 정확히는 아이에게 호감을 얻고 싶어서 과장된 몸짓으로 요거트를 먹었다. 먹는 동안 아이는 곁에서 날 관찰했다. 아이는 계속 말했다.

　"아빠, 얘가 나를 좋아해. 얘가 나랑 살고 싶대."

　"응, 그래."

　아이의 아빠는 스마트폰을 하면서 건성으로 아이에게 대답했다.

　아이의 엄마가 나타나자, 아빠는 스마트폰을 주머니에 넣고 아이의 어깨를 툭툭, 치고는 일으켜 세웠다. 그 가족은 다시 차에 올라탔다. 아이는 유리 너머에서 내게 손을 흔들며 웃어주었다. 나도 입을 크게 벌려 야옹 하며 화답했다. 아이는 주차장 출구에서 차창을 열고 외쳤다.

　"난 준희야. 또 올게!"

　오늘 밤은 새 희망이 내 마음을 살살 간지럽힌다.

　집사님에게도 그런 날이 있었다고 했다. 열일곱 살 때, 집사님은 간질환으로 병원에서 한 해를 보냈다. 퇴원하기 전날, 집사님은 스무 개의 버킷 리스트가 적힌 종이에 두 가지를 더 추가했다.

'보살피는 사람으로 살아보기. 독립해서 혼자 살아보기.'

집사님은 2년 만에 그 두 가지를 다 이루었다. 그날 밤 집사님은, 병실의 창을 통해 어둠이 내린 도시를 보면서 앞으로 펼쳐질 모든 시간이 선물이라고 생각했다.

집사님은 어느 밤, 글을 쓰다가 고개를 들고 내게 말했다.

"어떤 버킷 리스트는 이루지 못하고 지워지기도 해. 내가 가장 행복한 졸업생이 되겠다는 소망을 이루지 못한 것처럼. 그렇다고 그 버킷 리스트가 실패한 건 아니야. 버킷 리스트를 가지고 있다는 것만으로도 특별한 삶을 살 가능성이 높아지거든."

나도 버킷 리스트를 늘려보았다. '요거트를 배부를 때까지 실컷 먹기' 뒤에 '준희와 오래 보기'를 추가했다. 집사님의 말에 따르면, 버킷 리스트를 늘려가는 나는 특별한 고양이가 될 가능성을 조금 더 높인 셈이다.

독립

이곳에서 지낼수록, 소녀였다가 막 성인이 되었던 때의 집사님 심정을 조금씩 알아가는 것 같다.

어느 밤, 집사님은 창가에서 한 손에 커피를 들고 이렇게 말했다.

"열일곱 살, 병실에서 지낼 때, 밤이 되고 어둠이 내리면 정신이 더 또렷해졌어. 잠이 와서 눈이 감기다가도, 병실 불이 꺼지면 눈이 번쩍 떠지는 거야. 캄캄해서 아무것도 보이지 않는 창밖이 갑자기 스크린으로 변해서는, 영화가 상영되는 거야. 내가 주인공으로 나오는 영화였어. 난 아직 아무것도 아니었지만, 그 어둠 속에서 움직이는 나는 어떤 것도 될 수 있었어. 그래서 버틸 수 있었어. 그렇게 상상하면서."

기대를 안고 학교로 돌아간 집사님은, 얼마 지나지 않아 병원 생활이 그리워지기 시작했다. 혼자인 게 당연한 병원에서의 외로움은 적어도 부끄럽진 않았는데, 학교에서의 외로움은 부끄러웠다. 주변 사람들이 집사님의 외로움을 관람하는 것처럼 느껴졌다. 집사님은 자신에게 꼬리표들이 붙었다는 걸 깨달았다. '아픈 애', '복학생'.

건강 때문에 1년이라는 시간을 잃은 집사님은, 시간으로 벌어진 골을 끝내 메우지 못했다. 학교 밖에서 중학교 친구 유라와의 만남으로 우정에 대한 갈증을 채웠다. 결국, 버킷 리스트에서 '가장 행복한 졸업생 되기'는 '졸업생 되기'로 바뀌었다.

대학 입학은 미루고 글을 쓰겠다는 계획을 들은 막내 삼촌이 부모님을 설득하는 데 도움을 주었다. 직접 쓴 에세이 두 꼭지를 막내 삼촌에게 건넨 것이, 그의 지원을 받는 결정적인 계기가 되었다. 막내 삼촌은 집사님의 병원 생활을 담은 글을 읽고 눈물을 흘렸다고 했다. 집사님의 계획을 얘기한 지 사흘째 되는 날, 막내 삼촌은 퇴근길에 집사님이 좋아하는 플레인 요거트를 사와서는 집사님에게 내밀었다.

"나 같은 목석에게 울림을 준 글이라면, 다른 사람에게도 통할 거다. 네 글이 책으로 출판된다면 너의 독립을 도우마. 내 생각도 같다. 대학은 천천히 생각해도 되고, 필요하지 않으면 안 가도 된다."

막내 삼촌의 말은, 뒤로 넘어지는 집사님의 등을 떠받치는 느낌이었다.

언젠가 집사님은 막내 삼촌에 대해 그런 얘길 한 적 있었다.

"막내 삼촌은 아빠와도 닮지 않았고 우락부락하게 생겼어. 무뚝뚝하고 잘 웃지도 않지. 나한테 살가운 말을 해준 적도 없어. 근데 내게 위로와 격려가 가장 필요했을 때, 막내 삼촌이 그걸 해줬어. 정말 사람은 함부로 판단하면 안 된다는 걸 그때 알았어. 어떻게 생각하면, 글이 삼촌을 움직인 거야. 글이 어떤 힘을 가지는지도 그때 알았지."

그 후에 독립을 이룬 스무 살의 집사님에겐 계속 해결해야 할 과제가 있었다. 유라가 놀러 온 어느 토요일에 집사님의 사정을 알 수 있었다. 치킨과 와인을 앞에 두고 집사님이 말했다.

"글만 써서는 생활을 유지하는 데 한계가 있어. 고정적인 수입을 얻을 수 있는 일을 구해야 해."

"너 책 좀 팔리지 않았어? 원고 요청도 받고. 글만 써서

안 되는 거야?"

유라가 화이트 와인을 홀짝이며 물었다.

"책 나온 지 육 개월이 지났잖아. 그 책에서 나온 돈은 벌써 고갈됐지. 폐광이나 마찬가지라고. 원고 요청도 점점 뜸해지고 있고. 글만 써서는 어려워. 하루키 같은 작가들이나 읽고 쓰는 일만으로도 먹고살 수 있는 거야. 집세가 안 나가기 때문에 지금까지 그나마 버틸 수 있었던 거야."

집사님은 아플 때의 일상을 쓴 에세이를 묶어 출간을 한 작가였다. 글을 꾸준히 쓰고는 있었지만, 생활을 유지하는 데는 힘에 부쳤다. 막내 삼촌은 작은 거실이 딸린 방 한 칸을 집사님에게 내주었다. 집사님은 자신을 지원해주기로 한 막내 삼촌에게 늘 감사하고 죄송한 마음이었다.

"그래서 뭘 할 건데?"

"서빙 일이라도 해야 할까 봐. 동네 아이들 모아서 글쓰기 수업도 하고."

"너무 무리하지 마. 넌 항상 조심……. 아, 미안. 네가 환자라는 건 아냐."

"난 독립한 스무 살 사회 초년생이야. 이런 삶을 유지하기 위해서는 뭐든 해야 하는 위치에 있는 사람이지. 나 아팠고, 몸조심해야 하는 것도 맞아. 걱정 마. 내가 할 수 있는 만큼만 할 거야."

"노트북을 두드리는 일은 너한테 딱 어울려. 아이유가 기타를 든 모습 이상으로. 넌 이 생활을 유지할 수 있을 거야. 이 언니가 보장해. 레벨 업 될 거라는 말은 차마 못 하겠다. 나 솔직한 거 알지? 자, 건배하자."

"그래. 건배해. 이 현실적인 것."

한 달도 안 돼서 집사님은 가까운 시내에서 평일 낮에 카페 홀 서빙 아르바이트를 하게 됐다. 토요일 오후엔 동네 초등학생들을 모아 글쓰기 수업을 시작했다. 첫 손님이자 제자는 두 명이었다.

집사님은 점심을 먹고 아르바이트를 나갈 때 내 머리를 쓰다듬어주었다.

"혼자 둬서 미안해. 돈 벌러 가는 거야. 너 맛있는 사료 사주려고. 엄마 없다고 심심해 마."

보통 집사님이 나갈 차비를 하면 난 거실에서 무심한 척 엎드려 있었다. 왜 그랬는지 모르겠지만, 하루는 멍하니 서서 집사님의 나가는 뒷모습을 바라보았다. 집사님이 문을 열기 전에 날 돌아보았다. 난 집사님이 집에 있었으면 좋겠다는 속마음을 들킨 것 같았다. 괜히 머쓱해서, 다가가 문을 긁어서 나가고 싶다는 표시를 했다. 집사님은 내가 밖에 나가고 싶어 한다고 생각했다.

집사님은 잠시 고민하는 것 같았다.

2주 전쯤, 우연히 열린 문 틈으로 나 혼자 밖에 나갔다 온 적이 있었다. 생각 없이 나갔다가 집 밖에서 풀을 밟으며 작은 곤충들을 쫓아다녔다. 집사님은 뒤늦게 내가 없어진 걸 알고 집 주변을 찾아다녔다. 내가 돌아왔을 때 집의 문은 닫혀 있었다. 외벽을 빙 돌아가니, 부엌으로 통하는 미닫이문이 조금 열려 있었다. 난 그 틈으로 들어왔다. 집사님이 돌아와서는 놀란 마음에 나를 나무라고 안아주었다. 그 일로 집사님은 내가 나갔다가도 혼자 집을 잘 찾아온다고 안심했던 것 같다.

"지난번에 네가 들어왔던 부엌 옆문을 조금 열어둘게. 너무 늦으면 안 돼."

난 걱정 마시라는 뜻으로, 미야오오, 하고 부드럽게 대답했다.

내 독립은 그때 시작되었다. 독립한 집사님의 세계에 얹혀살던 나는, 꽃에서 떨어져 나온 작은 민들레 씨앗처럼 더 큰 세계를 탐색하게 되었다.

그들의 공통점

아그네스는 회색 털에 밝은 갈색 눈동자를 가진 고양이였다. 동네 이곳저곳을 떠돌다, 우리 집에서 두 블록쯤 떨어진 주택에 사는 아그네스를 만났다. 우연한 일이었다. 아그네스가 담벼락 위에 갑자기 나타나선 움츠러든 나를 내려다보며 말했다.

"이 근처에서 처음 보는데?"

"나 역시. 여기 사는 거야?"

나도 약간 놀란 투로 대답했다.

"난 이곳에 살아. 저 할머니가 내 집사님이지."

아그네스는 니스 칠이 되어 햇빛에 번뜩이는 황토색 나

무 대문을 가리켰다. 열린 대문 너머로 작은 마당이 보였고, 그 뒤엔 기와집을 개조한 집이 있었다. 그 집의 대청에 할머니 한 분이 비스듬히 누워 낮잠을 자고 있었다.

"할머니는 내가 집 밖으로 나오는지 알지 못하셔. 걱정이 많으시거든. 할머니가 낮잠을 자면 살금살금 나와서 산책을 하지. 나오려고 일어서는데 네가 지나가기에 얼른 나와 본 거야. 넌 길고양이야? 행색을 보니 그런 것 같지는 않은데."

아그네스는 내 머리부터 꼬리까지 슥 한번 훑어보았다.

"난 집이 있어. 길고양이를 직접 본 적 있어? 난 말만 들었지, 직접 본 적은 없어."

아그네스는 한심한 눈빛으로 날 보더니 바닥에 엉덩이를 대고 앉았다. 나중에 알게 된 사실이지만, 아그네스가 긴 얘기를 시작할 때 하는 행동이었다.

"저 언덕 너머 동네에 많이 살아. 언제 한번은 주황색 털이 있는 덩치 큰 길고양이와 친해진 적 있어. 녀석들은 자유롭고 이야깃거리를 많이 갖고 있지. 그때 난 산책을 다닌지 얼마 되지 않았어. 그런 녀석과 어울리는 건 흥분되고 재미있는 일이었지. 녀석도 날 좋아했어. 내 애를 낳고 싶다고 말하기까지 했지. 물론 난 새끼를 낳을 수 없는 몸이라 그런 일은 없었지만. 하루는 녀석이 검은 점박이가 있는 고양이를 나무 아래에서 그루밍하는 걸 봤어. 그 점박이는 덩치 앞에서 애교를 부리고 난리도 아니었어. 우리 집사님 표현으로 여우 같았지. 내가 결정적으로 화가 났던 건, 녀석들 앞에 반 토막 난 우유곽이 있는 걸 봤을 때였어. 그건 우리 집사님이 내 사료를 담아주던 그릇이었거든. 그 덩치 녀석이 내 먹이를 훔쳐서 점박이에게 갖다 줬던 거야."

"여우 같은 고양이라······."

난 그때 여우가 애교 넘치는 동물이라고 판단했다. 아그네스가 말한 의미와는 조금 달랐다.

아그네스는 말을 잘했다. 아그네스가 이야기를 시작하면 푹 빠져들곤 했다.

"왜? 뭐 이런 얘기까지 하나 싶은 거야? 길고양이를 궁금해했잖아."

"그래서 어떻게 됐어? 그 주황색 고양이는?"

"얼굴 한 번 할퀴어주고 상종하지 않았지. 뭐, 고양이가 그 녀석만 있는 건 아니니까. 먹이를 좀 갖다달라고 말했으면 갖다 줬을 거야. 뒤에서 훔쳐가는 건 참을 수 없어. 그 뒤로 다른 녀석들 몇 마리 만나봤는데 별로 다르지 않았어. 거칠고 재밌는데 믿음이 안 가더라고."

아그네스는 생각에 빠진 내 얼굴을 앞발로 툭 치며 혼잣말처럼, 그렇지만 내가 들으라는 듯 말했다.

"생각이 많은 스타일이구나. 내가 선호하는 성향은 아니지만, 그래도 귀여운 구석은 있어 보이니까."

나중에 알게 된 사실이지만, 귀여운 구석이 있다는 말은 아그네스에겐 꽤 높은 단계의 호감 표시였다. 아그네스는 자신을 표현하는 데 거침이 없었다.

그렇게 알게 된 아그네스와 거의 날마다 만났다. 주로 아그네스 집사님의 낮잠 시간에 맞춰서 움직였다. 우린 함께 온 동네를 쏘다녔다. 아그네스와 함께 있으면, 구멍 난 부대에서 쌀이 빠져나가듯 시간이 흘러갔다.

"널 베개처럼 베고 자면 좋겠어. 네 하얀 털에서는 좋은 향기가 나거든. 너, 내 베개 할래?"

아그네스에게 그런 말을 들을 때면 심장이 두근거렸다. 베개 하라는 말에 왜 그리 떨렸던지.

"네 향기도 좋아."

내가 정신을 차리고 겨우 이렇게 대답하면 또 다른 말들을 쏟아냈다.

"아니야. 우리 집사님은 다 좋은데, 빨랫비누로 날 씻어준다는 게 유일한 문제야. 우리 집은 온통 그 냄새로 가득

차 있어. 옷이고 양말이고, 모든 물건을 빨랫비누로 씻거든. 우리 집의 모든 것들은 하나의 냄새로 연결되어 있어. 넌 '확실히' 우리 집 고양이야! 라고 소리치는 것 같아. 네 집사님은 어떤 분이니. 네 몸에서 나는 향기를 보면 내 취향과 비슷할 거 같은데."

"비슷한 면도 있지만, 확실히, 달라."

"비슷한 건 뭔데?"

"음, 날 좋아한다는 건 비슷한 거."

"다른 건?"

"나머지 전부."

"지금 나 빨랫비누로 씻는다고 무시하는 거지?"

아그네스가 날 쓰러뜨리고 가슴을 눌렀다. 그렇게 우린 대화 끝에 풀밭에서 엎치락뒤치락하며 놀다가 벌떡 일어나서 나비를 쫓거나 달리기를 했다.

어느 날 내가 아그네스와 웃고 떠들다가 집에 돌아왔을 때, 집사님은 평소보다 일찍 집에 와 있었다. 집사님의 얼굴엔 운 흔적이 남아 있었다. 집사님은 날 보고 얘기했다.

"바깥은 즐겁니?"

그러면서 집사님은 창밖으로 해지는 노을을 바라보며 커피를 마셨다. 가끔 한숨을 쉬면서. 집사님에게 무슨 일이 벌어졌는지 몰랐지만, 아그네스와 노느라 집사님의 마음을 살필 여유가 없었다는 것을 깨닫고 잠시 자책했다. 그땐 내 감정이 세상에서 가장 중요했다. 어리석고 이기적이었다. 그럼에도 불구하고 집사님은 날 사랑해주었다.

그날 집사님이 운 것은 토마토 주스 때문이었다. 토마토 주스를 주문한 중년의 남자가 음료를 받은 지 얼마 지나지 않아 집사님에게 다가왔다. 집사님은 머리가 벗어져 한껏 넓어진 그의 이마에 먼저 시선을 던졌다가 바로 거두어들이고는 말했다.

"뭐 필요한 거 있으신가요?"

남자는 토마토 주스에서 껍질이 씹힌다며 반 정도 마신 주스를 새 주스로 바꿔달라고 했다. 집사님은 음료를 만들던 점원에게 사정을 말했다. 점원은 그럴 리 없다고 대답했다. 과일 주스는 만들고 나서 일부를 조금 따라서 마셔보고 확인한다고. 그 얘길 전하자 그 손님은 토마토 주스를 집사님의 몸에 뿌렸다. 순식간이었다.

"내가 거짓말한다는 거야? 알바 주제에 어딜."

집사님이 미처 반응하기도 전에 남자는 씩씩대며 카페 밖으로 나가버렸다. 집사님은 화장실로 가서 앞치마를 벗고 토마토 주스가 튄 티셔츠를 물로 씻었다. 그 흔적은 다

지워지지 않았다.

얼마 후 카페로 온 사장은 집사님을 조용히 불러서 구석 자리에 앉혔다. 세탁비와 지금까지 일했던 급료라며 봉투를 내밀었다. 집사님은 한 대 맞은 기분이 들어서 아무 말도 할 수 없었다. 사장은 침착하게 말했다. 그는 카페가 있는 이 건물의 주인이라고. 그 말 하나면 시시비비를 따지지 않아도 된다는 듯한 뉘앙스였다. 그리고 위로하듯 덧붙였다.

"사회생활을 하다 보면, 자기 잘못이 아니라도 이런 일이 벌어질 수 있어. 은영 씨가 성장하는 기회였음 좋겠어."

다음 날 아침, 집사님은 활기차게 일어났다. 전날의 우울감은 찾아볼 수 없었다. 집사님은 머리도 묶지 않고 부스스한 모습으로 바로 책상에 앉았다. 노트북을 켜고 부팅을 기다리는 동안 방구석에 엎드린 내게 들으라는 듯, 이렇게 소리쳤다.

"이렇게 글 소재가 하나 생겼어! 소재 값으로 토마토 주스 세례면 싼 거지. 안 그래?"

한 시간쯤 지나서 집사님은 쓴 글의 일부를 내게 읽어주었다.

"꼬맹아, 한번 들어봐." 집사님은 헛기침을 하며 목청을 가다듬었다. "카페의 건물주는, 어려운 환경을 뛰어넘어 자수성가한 사람이라고 소문이 자자했다. 카페 사장에게, 카페에 들르는 주변 상인들에게 여러 번 들은 말이었다. 이번 일을 겪으며 한 가지 사실을 알게 되었다. 누군가가 어려운 상황에 처한 경험이 있다고 해서 상대방에 대한 배려가 절로 생겨나는 건 아니라는 것. 그건 오히려 개인의 역량과 관련이 있다. 속 깊은 곳에 묻혀 있던 배려와 선의가 어려운 상황을 만나면서 발현되는 것이다. 그건 새로 생겨나는 게 아니고, 씨앗처럼 보잘것없는 상태로 묻혀 있던 것에 가깝다."

집사님의 낭독을 들으면서 아그네스가 한 말을 떠올렸다. 내가 대답 하나를 잘못했다는 걸 깨달았다. 이제 보니 집사님과 아그네스는 비슷한 면이 있었다. 누구도 그들을 쉽게 붙잡고 흔들 수 없다는 것.

집사님의 일을 떠올리면서 생각한다. 성장은 역경에서 저절로 피어나는 꽃이 아니라는 사실을. 아픔을 준 사람들은 따로 있었지만 그걸 성장의 재료로 바꾼 것은 집사님이었다.

불 꺼진 주차장에서 엎드려 어둠을 응시한다. 캄캄한 어둠은 기억과 생각의 공책이다. 난 한 자, 한 자, 그것들을 써

내려 간다.

'내 안에는 그런 씨앗들이 있을까. 어려움, 난관, 아픔을 만났을 때 발현될 선의, 배려 같은 씨앗들. 배가 고프고, 외롭고, 내 몸 하나 건사하기 힘든데, 다른 걸 발현할 여력이 있을까. 내게 그런 힘이 남아 있을까.'

쥐

아침부터 좀 황당한 일을 겪었다. 억울하게 '모자란 고양이'로 취급받게 된 일이다. 간만에 늦잠을 잤다. 새벽녘까지 별을 봤기 때문이다. 잠결에, 그날 처음 도착한 차에서 내린 사람들의 수런거림이 들려왔다.

"봐. 쟤는 완전히 야생성을 잃어버린 거야. 그렇지 않다면, 저럴 수가 없지."

"대단하네. 저런 상황에서 잠만 잘 자네. 신기해."

잠결에 들려오는 사람들의 이야기가 뭔가 싶어 눈을 떴다. 얘기하던 사람들은 주차장을 빠져나가고 있었기에 대화 소리는 더 이상 들려오지 않았다. 대신 가까운 곳에서 다른 소리가 들렸다. 뭔가를 긁는 소리, 갉아대는 소리. 난 주변을 두리번거렸다.

주차 자리 네 칸 정도 떨어진 곳에, 낯선 존재 하나가 뭔가를 갉아대고 있었다. 잿빛의 작은 몸, 먹물 같은 눈동자와 벌름대는 작은 코. 그건 쥐였다. 혐오스러운 녀석. 순간 피가 끓어올랐다. 그 녀석은 감히 고양이와 얼마 떨어져 있지 않은 곳에서, 어제 어떤 꼬마가 내게 던져준 과자를 갉아 먹고 있었다.

그제야 잠결에 들려온 사람들의 대화를 이해했다. 고양이 근처에서 쥐가 과자를 갉아 먹고 있는 상황. 이건 누가 봐도 이상하다. 쥐에 주목하는 게 아니라, 그 쥐를 가만히 내버려두는 고양이를 쳐다보는 게 당연하다. 난 졸지에 야생성을 완전히 잃어버리고 고양이 구실 못 하는 고양이로 낙인 찍혀버렸다. 사실 잠결에 내 신경이 쭈뼛 일어서긴 했다. 근처에 쥐가 있을 때, 내가 보거나 느끼기 전에 몸이 먼저 알아차린다. 내가 그 신호를 무시했던 건, 이곳에 온 후로 쥐를 본 적이 없었고, 이런 곳에 쥐가 있을 거라고 전혀 생각하지 않았기 때문이다.

뒤돌아 있던 쥐가 갑자기 나를 돌아봤다. 내가 노려보고 있다는 걸 녀석도 깨달은 거다. 녀석에게도 우리처럼 고양이를 감지하는 감각이 있겠지. 어쩌면 우리보다 더 예민할지도 모른다. 그 감각이 제대로 작동했다면, 녀석은 이미 그 자리에서 사라지고 없었겠지. 내 감각이 제대로 작동했다면, 지금쯤 녀석은 피를 흘리고 있을 테지. 나와 녀석 모두, 서로를 향한 감각이 제대로 작동하지 않고 있었던 것만은 분명했다.

녀석은 날 보고도 피하지 않았다. 난 더 매섭게 녀석을 노려보았다. 녀석을 간단히 죽일 수 있었다. 내 몸속에서 주체할 수 없는 살의가 올라오는 게 느껴졌다. 난 천천히 몸을 일으키고는 녀석에게 다가갔다. 쥐가 있는 방향에서 바람이 불어왔다. 녀석의 냄새가 느껴졌다. 얼핏 두려움의 냄새를 맡은 것도 같았다. 녀석이 도망이라도 치면 골치 아프다. 지금의 내 영양 상태로는 녀석을 잡을 수 있을지 장담할 수 없었다. 하지만 온 힘을 다한다면 잡을 수 있을 것이다. 난 고양이니까. 우리의 몸엔 태어나면서부터 녀석을 사냥하는 기술이 내장되어 있으니까.

녀석은 내가 다가오는 걸 빤히 쳐다보고 있었다. 주차 자리 한 칸의 거리를 남겨두고 다가갔을 때, 녀석은 고개를 갸웃거리며 나를 살펴봤다. 새끼 쥐였다. 좀 더 가까이 갔을 때, 녀석이 도망치거나 움직이지 않는 이유를 알게 되었다.

녀석은 떨고 있었다. 녀석의 발밑 바닥이 조금 젖어 있었다. 오줌을 지린 모양이었다. 나와 눈이 마주친 순간부터 녀석은 공포에 휩싸였고, 온몸이 마비된 거다. 생각보다 시시해져버렸다. 난 쥐의 바로 앞까지 갔다. 녀석은 몸을 떨면서 들고 있던 과자도 놓지 못하고 그렇게 서 있었다. 어쩌면, 녀석은 자기에게 그런 반응이 왜 나타나는지 모를 수도 있을 거라는 생각이 들었다. 가르쳐줄 어미가 없는 거라면.

"고통 없이 죽기를 원하겠지?"

난 쥐가 그 말을 알아듣기라도 할 것처럼 말을 걸었다.

"찍찍찍!"

귀가 의심스러웠다. 쥐가 대답할 거라곤 상상도 못 했으니까. 녀석은 온몸을 떨면서도 좁쌀만 한 눈을 내게 맞추고 분명히 말했다. 그 말을 알아듣진 못했지만, 녀석은 분명 내게 무슨 말을 전하고 있었다.

"너, 내가 누군지 몰라? 고양이를 몰라?"

"찌지지직직."

쥐의 눈을 들여다보았다. 녀석은 고양이를 처음 본 게 분명했다. 고양이를 경험한 적은 없지만, 녀석의 몸에 흐르는 피는 나에 대한 정보를 내장하고 있었다. 눈만 마주쳐도 온몸이 떨릴 정도로 공포를 주는 대상. 하지만 정작 그 대상이 누군지는 알지 못했다. 그럴 수가 있을까. 아마 예전에 이 녀석을 만났다면 갖고 놀다가 죽여버렸을 거다. 아그네스와 동네를 다니면서 가끔 했던 놀이가 바로 그거였다.

우린 이미 배가 부른 고양이들이었다. 굳이 쥐를 잡아먹을 필요가 없었다. 하지만 쥐를 잡아 장난치는 건 좋아했다. 나와 아그네스는 햇살을 받으며 누워 있다가 심심해지면, 호랑이가 된 기분으로 어슬렁거리며 쥐를 찾아 나서곤 했다.

고양이들이 다니는 집 근처 골목엔 쥐가 없었기에, 쥐를 찾기 위해서 동네에서 조금 떨어진 공원의 풀숲으로 갔다. 우리가 마음먹고 찾아 나서는 날엔 꼭 쥐를 사냥하는 데 성공했다.

나보다 아그네스의 사냥 실력이 더 좋았다. 아그네스는 앞발을 쓰는 기술이 좋았다. 난 사냥하는 법을 아그네스에게 배웠다.

"길고양이 녀석들에게 배운 것 중에 유일하게 쓸모 있는 기술이야."

아그네스와 함께 쥐를 잡으면서 난 내가 알지 못했던 자신을 발견하곤 했다. 내 안에 꿈틀대는 살의와, 냉혹한 자연에 대한 소속감 같은 것들.

언젠가 한번은 쥐를 잡기 위해 공원을 뛰다가 집사님을 보았다. 집사님은 나를 보지 못했다. 집사님은 무선 이어폰을 귀에 꽂고 노래를 흥얼거리며 공원을 통과해 집으로 가는 중이었다. 나무 사이로 비쳐든 햇살이 집사님의 얼굴에 아른거렸고, 평온한 표정의 집사님은 아름다웠다. 잠시 넋놓고 집사님을 보다가 그쪽으로 갈까 생각하는데, 아그네스가 외쳤다.

"얼른 와!"

난 다시 아그네스 뒤를 쫓았다. 그날 우리는 고동색의 작은 쥐를 한 마리 잡았다. 여느 때처럼 아그네스는 솜씨 좋게 쥐를 앞발로 누르고 목덜미를 물어 죽였다. 아그네스에게 그 쥐를 달라고 부탁했다. 난 쥐를 물고 의기양양하게 집으로 향했다. 쥐를 현관 앞에 두고 문을 긁었다. 그건 집사님을 위한 선물이었다.

"꼬맹아, 왔니. 어엇!"

집사님은 나를 반기다가 쥐를 보자마자 집 안으로 펄쩍 뛰어들어 갔다. 난 집사님의 다리에 머리를 비비며 기분 좋게 울었다.

"미야아오옹."

"얘, 나 주려고 갖고 온 거니? 아이고, 심장 떨려." 집사님은 가슴을 쓸어내리곤 내 머리를 쓰다듬었다. "고마워. 그치만 다음부턴 갖고 오지 마. 난 쥐를 못 먹거든. 오늘 너 손발 좀 닦아야겠다."

쥐가 집사님에게 선물이 되진 못했지만, 그 일은 두고두고 집사님을 즐겁게 했다. 집사님은 유라에게 전화를 걸어 내가 쥐를 갖다 줬던 이야기를 했고, 그 후에도 만나는 사람들마다 그 이야기를 했으니까. 그 이야기를 할 때만큼은 집사님의 얼굴에 웃음꽃이 피었다. 결과적으로 쥐가 선물이 된 거다.

예전 생각을 하는 동안에도 내 앞엔 새끼 쥐가 그대로 서서 떨고 있었다. 난 더 이상 쥐를 죽이는 게 즐겁지 않았다. 아무 생각 없이 죽일 수는 있지만 그러고 싶진 않았다. 많은 쥐를 잡았지만, 이렇게 좁쌀만 한 눈을 가까이서 바라본 건 처음이었다. 그 눈은 내 모습을 비추고 있었다. 까만 눈동자가 커졌다 작아졌다 하며, 내 움직임을 감지하고 있었다. 그 작은 것에도 많은 걸 담고 있구나.

"넌 내가 누군지 모르는 모양인데, 난 널 잡아먹는 존재야. 고양이라고 하지. 당장 널 죽여버릴 수도 있지만, 지금은 그러고 싶지 않아. 하지만 다시 눈에 띄면 그렇게 할지도 몰라."

"찌직!"

난 쥐의 머리를 앞발로 툭 밀고는 돌아섰다. 그러곤 하루를 시작하기 위해 자동차의 지붕에 올라갔다. 그사이 쥐는 사라지고 없었다. 녀석은 그날만큼은 이 세상에서 가장 운 좋은 쥐였다. 쥐를 살려줘서인지, 그날은 고양이 사료를 얻어먹었다. 한 손님의 차에 마침 싣고 다니던 사료가 있었고, 종이컵 가득 사료를 대접받았다.

깜깜한 어둠 속에서 귀뚜라미 소리가 들려오기 시작했다. 그리고 어디선가 단단한 뭔가를 갉는 소리도 났다. 어디선가. 아니겠지?

선물

"저거 쥐 아닌가?"

아웃렛 직원 수정 씨가 알바생 현규 씨에게 말했다. 그들은 아웃렛 주변으로 날아든 낙엽을 빗자루로 쓸다가 주차장으로 들어서던 중이었다. 난 그 말을 듣고 눈을 떴다. 내가 자던 곳은, 쓰레기통과 박스 보관소가 있는 구역이었다. 거기도 바깥이나 마찬가지였지만, 담 위에 작은 지붕이 있는 공간이었다. 주변을 살폈지만 쥐는 보이지 않았다.

내가 잠을 자던 곳 주변에서 뭔가 이상한 걸 발견했다. 개암나무 열매 세 알과 풀뿌리 두 개가 바닥에 놓여 있었다. 밤새 그런 걸 거기 갖다 놓을 사람은 없었다. 그렇다면, 이 작은 녀석 짓이겠지. 그렇다면 왜 그런 걸? 설마 나한테 주려고? 헛웃음이 났다. 일전에 살려준 게 고마워서 선물을 준 걸까? 이 녀석을 어떻게 해야 할까. 혼을 내기 전에 녀석의 의도를 알아봐야겠다.

뜻하지 않은 선물을 받았던 저녁이 떠올랐다. 아그네스와 놀다가 들어와 늦은 오후에 깜빡 잠이 들었다. 잠에서 깼을 때, 집사님의 냄새와 함께 햇살이 타는 냄새를 맡았다. 새로운 누군가가 집에 있었다. 바깥은 벌써 어둑어둑했다.

안방에서 거실로 나갔더니, 집사님 곁에 처음 보는 남자가 있었다. 집사님은 나를 가리켰다.

"민성, 쟤야. 내 동거묘. 음식 준비 할 동안 쟤랑 좀 놀고 있어."

"네, 누나."

집사님은 부엌으로 들어갔다. 민성이 웃으며 다가왔다. 만난 지 얼마 되지도 않았는데, 이렇게 훅 들어오면 곤란하다고. 난 부담스러워져서 멀찍이 떨어져 안방 앞에 배를 깔고 엎드렸다.

민성은 부드럽게 내 이름을 불렀다. 그의 하얀 양말이 황토색 장판 위를 미끄러지듯 다가왔다.

"너를 위해 작은 선물을 준비해왔어."

선물? 갑자기 궁금해져서 그를 빤히 쳐다보았다.

"그래, 궁금하지? 자, 이거 받아."

민성은 사파리 점퍼 주머니에서 주먹만 한 뭔가를 꺼내 내 앞에 놓았다. 고양이 장난감으로 만든 쥐 모형이었다. 집사님도 궁금했던지, 부엌에서 고개를 내밀고 보았다. 집사님은 그걸 보고 깔깔대며 웃었다. 나도 맥이 풀려버렸다. 이거 뭐야, 유치하게. 난 야옹, 하며 쥐 모형을 앞발로 후려쳤다.

"왜 그래요? 이게 그렇게 웃겨요?"

민성이 모형의 꼬리 부분을 잡고 주워 들며 말했다.

"얼마 전 일이 생각나서 그래. 글쎄 쟤가……."

집사님은 또다시 내가 쥐를 물어다 준 이야기를 했다. 민성도 그 이야기를 듣고는 놀라는 눈치였다. 난 그의 성의를 봐서 장난감 쥐를 열심히 갖고 놀았다. 물었다가, 앞발로 잡았다가, 펀치를 날렸다가, 그루밍도 했다. 진짜 쥐를 잡고 노는 내게 이 장난감 쥐는, 글쎄, 초등학생에게 딸랑이를 준 꼴이랄까.

그는 귀여운 구석이 있는 남자였다. 내가 노는 모습을 사진으로 찍더니 부엌에 있는 집사님에게 쪼르르 다가가 보여주었다. 집사님이 음식을 갖고 나올 땐 이렇게 외쳤다.

"누나, 내가 선물을 정말 잘 선택했다니까요. 얘 맘에 쏙 드나 봐요."

그러고는 스스로가 자랑스러운 듯 킬킬대며 웃는데, 집사님이 왜 그를 좋아하게 되었는지 알 것 같았다. 그의 행동과 말엔 인위적인 구석이 없었다. 그가 느끼는 것, 생각하는 것이 그대로 밖으로 드러나는 것 같았다. 키가 크고 훤칠하며 선한 인상을 가졌다는 점도 집사님의 호감을 사는 데 한몫했겠지.

저녁 메뉴는 만둣국과 불고기였다. 달콤하고 고소한 냄새가 거실에 퍼졌다. 평소엔 잘 볼 수 없는 음식이었다.

"와! 누나, 저 만둣국 좋아하는 거 어떻게 알았어요? 대박이다. 어제 이거 진짜 먹고 싶었는데. 나중에 저도 누나한테 음식 만들어줄게요."

그러면서 민성은 그릇에 코를 박고 만두를 건져 먹기 시작했다. 집사님은 그 모습을 흐뭇하게 바라보았다. 내가 정신없이 사료를 먹을 때 보던 눈빛과 또 달랐다.

"근데 너 이제 곧 기말고사 아니야? 이럴 시간 있어?"

민성은 대학교 2학년 학생이었다. 집사님보다 한 살 아래였고, 집사님이 이끄는 독서 모임에 참석한 지 5개월 정도 되었다.

"걱정 마세요. 기말고사 별거 아니에요. 시험 기간에 공
부해도 충분해요."

"너 장학금 받아야 한다며?"

"누나, 시험 기간에도 공부 안 하는 애들 천지예요."

"그렇구나. 어딜 가나 노는 애들은 있게 마련이니까."

집사님은 대학교를 다니고 있지 않다는 사실에 별로 주
눅 들진 않았다. 그렇지만 대학생의 생활상에 대해선 궁금
해했다. 유라가 놀러 올 때마다 이것저것 묻곤 했으니까.

"대학에 가면 대단한 걸 이룰 거라고 생각했는데, 막상
와보니 그런 것도 아니에요."

민성이 말했다.

"하고 싶은 공부 마음껏 할 수 있어서 좋을 것 같은데."

"요즘 누가 공부하러 대학 가요? 하나의 공정 같은 거
죠. 사람들이 있다고 믿는 울타리 안으로 들어가기 위한 거
죠. 대학에 있든 대학 밖에 있든, 하고 싶은 공부는 스스로
찾아서 하는 거죠."

"난 그 울타리 안으로 들어가려고 시도도 안 하는 사람인
거네?"

"누나는 오히려 울타리 밖에 남기로 능동적으로 선택한
거죠. 모두들 그 울타리 쪽을 향해 몰려가잖아요. 다 울타리

안에 들어간다는 보장도 없고, 울타리 안이 행복하다는 보장도 없는데 말이죠."

"그래서 넌 어떤 공부를 하고 싶어서 울타리 밖을 기웃거리는 건데?"

"어떤 걸 찾아서 해야 할지 알고 싶어서 독서 모임에 온 거예요."

캄캄해진 바깥에서 바람이 들어왔다. 바람은 여러 냄새를 싣고 창을 넘어와 바닥에 엎드린 나에게까지 닿았다. 어둠 속에서 숨을 토해내고 있는 나무와 풀 냄새를 맡으니 기분이 좋았다. 난 하품을 크게 하곤 집사님과 민성의 대화에 계속 귀를 기울였다.

"처음 듣는 얘기네? 네가 처음 왔을 때 그저 책 좋아하는 모범생인 줄 알았지. 그래서 찾았어? 다섯 달이나 지났는데."

"네. 제가 제일 하고 싶은 공부를 하고 있어요. 새로운 사람들 만나는 것만큼 좋은 공부는 없더라고요."

"사람들 만나는 게 공부라는 건, 대체로 공부하기 싫은 사람들의 변명거리던데."

"저한테는 꼭 필요한 공부예요. 평범한 사람들 틈에 둘러싸여 굴곡 없는 삶을 살아온 소년에겐 사람들이 꽤 정형화

되어 있어요. 아, 정형화, 이 말도 독서 모임 때 누나한테 배운 거네요. 독서 모임에서 다양한 사람들을 만나면서 사람들에 대한 틀이랄까, 그런 게 깨지는 걸 느껴요. 책에서 배우는 것보다 사람들에게 배우는 게 더 많아요."

"맞아. 독서 모임의 사람들이 걸어온 길, 그들이 가진 이야기들을 듣다 보면 우리의 편견이 깨지기도 하지. 근데 우리 역시 '독서 모임'이라는 틀 안에서 일정 부분 정형화되어 있다는 건 잊지 말아야 해. 독서 모임의 틀 밖으로 나간 우리들은 또 다른 사람들일 거야."

"그래서 독서 모임의 틀 밖에 있는 누난 어때요? 전 누나처럼 똑똑하고 감성적인 사람을 본 적 없어요. 대학교에서 추앙받는 선배들 중에도 누나 같은 사람은 없어요. 누나 덕에 대학은 껍데기에 불과하다는 걸 깨달았어요."

"뭐야. 이거 플러팅이야?"

두 사람은 웃었다. 식탁 위에 켜둔 조명처럼, 노랗고 환한 웃음이었다.

아웃렛에 머물렀던 차들이 다 떠나고 길가엔 하나 둘 가로등이 켜졌다. 태양이 마지막 숨을 쉬듯 노을 아래로 가라앉을 때, 낮은 담 너머에서 불어온 바람이 녀석의 냄새를 신고 왔다.

난 소리 없이 담 위로 올라갔다. 아래를 보자, 녀석이 담 아래까지 와 있었다. 개암나무 열매 하나를 물고서. 녀석은 그 좁쌀만 한 까만 눈으로 나를 올려다보았다. 녀석은 날 보고도 몸이 굳지 않았고, 오줌도 지리지 않았다.

"뭐야. 너 다시 나 만나면 죽는다고……."

그렇게 말하는 중에 녀석이 담 밑에 개암나무 열매를 턱 하니 놓고 나를 향해 주둥이를 쳐들고는 입을 우물거렸다. 먹으라는 뜻이었다. 맥이 탁 풀리고 말았다. 난 속삭이듯 중얼거렸다.

"넌 날 뭐라고 생각하는 거야?"

녀석은 찍찍 소리를 내더니, 순식간에 담을 따라 어둠 속으로 사라졌다.

선물은 그것이 무엇인가보다, 어떤 의미가 담겨 있는지가 더 중요하다. 난 담 바깥으로 뛰어내려 녀석이 놓고 간 개암나무 열매를 한참 바라보았다. 이것엔 대체 어떤 의미가 담겨 있는 걸까.

연애

집사님의 과거를 내가 세세한 것까지 기억하고 있다는 걸 안다면, 집사님이 어떤 표정을 지을지 궁금하다.

토요일이었던 그날은, '쥬라기 공원' 시리즈의 신작이 개봉한 날이었다. 집사님은 오후 글쓰기 수업을 마치고 집을 나섰다. 민성과 개봉 첫날 그 영화를 보기로 약속했다지.

집사님은 그날의 이야기를 유라에게 꽤나 자세히 설명했다.

"영화가 시작됐는데, 그거 알지? 〈쥬라기 공원〉. 그 영화는 참……."

집사님은 갑자기 어린아이처럼 도리질을 하더니, 양손으

로 자신의 볼을 감쌌다.

"깜짝깜짝 놀래키는 거. 벨로시랩터가 문제였어. 녀석이 나올 때마다 난 가만 있을 수가 없었어. 나도 모르게 몸이 들썩거렸어. 몇 번 놀라고 정신을 차려보니, 내 손이, 민성이 손 위에 가 있는 거야. 놀랄 때마다 나도 모르게 민성이 손을 두드린 것도 몰랐지, 뭐야. 어쩌지, 하면서 손을 들어 올리려는데, 이번엔 민성이 손을 살짝 들더니 내 손을 가만히 잡는 거야. 우린, 손을 잡았고 손바닥이 맞닿아 있었지. 우리의 눈은 계속 화면을 향하고 있었어. 내가 깜짝 놀랄 때마다 민성은 손에 살짝 힘을 줘서 자기 존재를 알려주었어. 심장이 뛰고 몸이 정말 젤리처럼 말캉해졌어. 가슴이 뜨겁고 등엔 땀이 솟아났지. 그렇게 영화가 끝날 때까지 우린 연인처럼, 손을 잡고 있었어. 민성은 아무 말도 안 했지만, 내 맘과 똑같다는 걸 알 수 있었어. 그 순간엔, 공룡에게 콱 물려도 좋겠다는 마음이었어."

"그래서, 그 뒤는?"

유라가 말을 하자, 집사님은 기다렸다는 듯 다시 말을 이었다.

"우린, 손을 놓지 않고 있었어. 극장을 나와서 내가 버스를 탈 때까지 계속 잡고 있었어."

"아이고, 놀라워라. 엄청난 일이라고 해서 난 또 키스 정도는 한 줄 알았지. 야, 차라리 공룡처럼 꽉 물어버리지 그랬어?"

"야, 넌 왜 이렇게 감성이 메말랐어? 부러워서 그래?"

"뭐, 부러워? 내가?" 유라가 깔깔대며 웃었다. "내가 별 얘길 다 들어보네. 네 얘길 듣다 보니, 아주 오래 잊고 있던 초딩 감성이 되살아나는 것 같아서 풋풋하다, 야."

유라가 집에 가고 나서도 집사님의 입술엔 미소가 걸려 있었다. 행복이라는 녀석이 제대로 실체를 드러내고 있었다. 침대에 올라 집사님의 발치에 누워서는 내 꼬리를 집사님의 종아리에 가만히 올렸다. 나도 기분이 무척 좋아졌다. 행복이 내게도 옮아 온 것 같았다. 주말이 지나면 아그네스를 만나러 가야겠다고 생각했다.

월요일에 아그네스를 찾아갔을 때, 그 도도한 암고양이는 나를 본체만체했다. 자기 집 앞마당 가운데에 앉아서 앞발을 핥고 있었다. 햇살이 비추는 회색 털은 윤기가 흘러 넘쳤다. 그 매력을 어떻게 표현할 수 있을까. 다른 암고양이를 만나본 적 없기에 비교해서 설명할 수 없지만 한 가지 확실한 건, 아그네스는 지루하지 않은 고양이였다. 그 이상 큰 매력은 없다고 생각한다.

아그네스는 내가 가까이 다가가서야 이제 발견했다는 듯 말을 걸었다.

"이게 누구신가. 파릇파릇한 소년 고양이 아니신가."

아그네스가 그런 투로 말할 때는 진짜로 하고 싶은 얘기를 감춰두고 있다는 뜻이다.

"잘 지냈어, 아그네스? 지난주엔 집사님이 자주 집에 있어서 나오기 어려웠어."

"그러셨군. 아주 충성된 고양이니까."

아그네스는 그 말을 하면서도 앞발을 연신 핥아대고 있었다.

"내가 그루밍을 좀 해줄까?"

인사치레로 한 말이 아니라, 햇살 아래에서 빛나는 아그네스의 털이 너무 사랑스러워서 진짜 해주고 싶어 한 말이었다.

"그럴 거 없어. 저 아랫동네의 소녀 고양이 꽃님이를 추천해줄게. 뻣뻣하고 순진무구한 게 너와 딱 어울리지."

"내가 뭘…… 잘못한 게 있어? 대체 왜 그러는 거야?"

"이제 감이 좀 오는 거야? 슬슬 잘못한 게 느껴지나 보지?"

"얼마든지 들을 준비가 되어 있어. 잘못이 있다면 날 꾸짖어줘."

내 말에 아그네스가 피식 웃었다.

"그게 무슨 말투야? 내가 네 집사라도 돼? 꾸짖다니."

"넌 날 꾸짖어도 돼. 그럼 난 착한 고양이가 될게."

"문제는 이거야. 이거라고! 넌 진짜 네 문제가 뭔지 모르는 거야?"

"제발 알려줘. 그리고 호되게 꾸짖어줘!"

아그네스의 눈빛이 갑자기 부드러워졌다. 커다란 눈을 천천히 세 번 깜빡이더니, 야오오오오옹, 하고 가느다란 울음을 울었다.

"문제는, 네가 날 자꾸 사로잡는다는 거야. 언제라도 꾸짖음을 들을 준비가 되어 있는 네가 자꾸 생각난다고. 근육질에 잘빠진 길고양이들을 만나봤지만, 이 정도는 아니었어. 난 그 고양이들에게 끌렸지만, 내 걸 빼앗겨도 좋을 정도는 아니었어. 넌 뭘 모르는 바보야. 내가 가르쳐야 할 게 많다고. 또 꾸짖음을 들을 준비도 되어 있지. 그래서 내 마음이 더 그래. 넌 골칫덩이야."

그 말을 듣고 긴장이 다 풀어져버렸다. 집사님이 민성과 손을 잡을 때 느꼈다던, 공룡에게 콱 물려도 좋겠다던 그 기분이 이런 것이었을까. 난 입에서 나오는 대로 막 얘기했다.

"내 생각에 빠져 있다고? 하루에 오십 번쯤?"

"하루에 아흔아홉 번쯤. 백 번까진 아니야."

난 대답 대신, 아그네스의 볼을 그루밍했다. 그러다가 점점 가슴이 뛰어 가만히 앉아 있을 수가 없었다. 난 벌떡 일어나서 내달렸다. 아그네스도 나를 따라 달렸다. 대문을 나와서 보도 위를 스치듯 달렸다. 아그네스와 앞서거니 뒤서거니 하며 공원까지 갔다. 공원 숲길에 접어들자, 우릴 보고 화들짝 놀란 청설모가 나무 위로 쪼르르 올라갔다. 우린 나무 위로 펄쩍 뛰어 청설모가 있던 자리에 앞발을 몇 번 내저으며 위협하곤 다시 내달렸다.

공원 숲은 오후의 빛이 초록 나뭇잎에 부딪혀 잘게 부서져내리고 있었다. 하얀 커튼이 있는 작은 거실처럼 은은하고 아늑했다. 우린 숨이 차서 더 이상 달릴 수 없을 때까지 달렸다. 공원 숲이 끝나는 지점의 마지막 나무를 지나쳐서야 우린 멈췄다. 우린 햇살이 더 이상 부서지지 않고 온전히 쏟아지는 풀밭에 엉켜 뒹굴었다. 노곤해질 무렵, 아그네스와 난 모로 누워서 숲으로 입장하기 위해 우릴 스쳐 지나가는 바람을 느꼈다. 깜빡 잠이 들려고 할 때 아그네스의 말소리가 들려왔다.

"이렇게 좋은 날엔, 나의 다음을 생각하게 돼."

아그네스의 말은 바람처럼 와 닿았다.

"다음이라니?"

"우리 고양이에게 다음이 뭐겠어? 집사님과 함께할 날이 끝나고 이후에 맞이하는 삶이지."

"왜 갑자기 그런 생각을?"

"우리 집사님 나이가 많으니까. 어느 날 저 모퉁이를 돌면, 새로운 운명의 옷자락이 보일 것 같으니까. 우리 고양이의 운명은 집사님의 운명에 꼬리표처럼 매달려 있잖아."

아그네스는 마침 우리의 머리 위를 지나가던 호랑나비를 향해 팔을 한 번 내저었다. 호랑나비가 놀라서 하늘 위로 떠올랐다.

"그 말은 좀 슬프네."

난 햇살을 피해 고개를 돌리며 말했다.

"그렇게 볼 수도 있지만, 그렇게 볼 일만은 아니야."

"우리의 운명이 누군가의 운명에 매달린 실과 같다는 건, 너무 위태로워 보이잖아."

"그건 사실이니, 슬퍼할 일이 아니고 받아들여야 할 일이지. 고양이만 그런 게 아니고 사람들도 서로의 운명에 얽혀 있지. 모든 사람들이 누군가의 운명에 영향을 받아. 운명은 가까이 가면 촉수를 뻗어 사람들 사이에 연결 고리를 만들어버린다고 했거든."

"누가?"

"똑똑한 척하는 누군가가."

난 똑똑한 척하는 누군가가, 아그네스의 전 연인인 오렌지라는 걸 눈치챘지만 아는 척하지 않았다.

"그래서 두려워? 운명이 뜻대로 되지 않을 것 같아서?"

"전혀. 그저 궁금할 뿐이야. 나의 다음은 어떤 모습일지. 고양이의 목숨은 아홉 개라는 말이 있지. '다음'을 맞는 고양이는 목숨 하나를 잃고, 새로운 목숨을 산다는 뜻이야. 목숨처럼 큰 변화가 생기는 거지."

"내겐 목숨이 하나뿐이었으면 좋겠어. 변하는 건 바라지 않아. 이대로 영원하면 좋겠어."

"그건 우리가 결정하는 게 아니야. 우리의 다음 목숨엔 서로가 없을지도 몰라."

햇살과 초록의 풀 냄새와 아그네스의 부드러운 털에 취해 있던 난, 우리의 '다음'이 멀지 않은 곳에서 다가오고 있다는 사실을 알지 못했다. 모퉁이를 돌고서야 깜짝 놀라며 '다음'을 마주했다. 어쩌면 아그네스는 그때 이미 우리에게 닥칠 변화를 직감했는지도 모르겠다. 하나의 목숨이 우리

에게서 떨어져나가고, 우린 서로가 없는 세계에서 다음 목
숨으로 살아가게 될 거라는 사실을 말이다.

그걸 처음 내게 직접적으로 알려준 이는, 덩치가 크고 주
황색 털을 가진 길고양이 오렌지였다. 그를 처음 본 건 아그
네스의 집 앞이었다. 나와 아그네스가 아그네스 집 마당의
그늘에서 몸을 식히고 있을 때, 그가 열린 대문 밖에 나타났
다. 그는 우리를 물끄러미 쳐다보았다. 아그네스가 입을 열
었다.

"우린 너와 달라. 왜 자꾸 기웃거리는 거야? 우린 안에,
넌 밖에 있어. 이 세계에선 그게 전부라고."

"이제 밖에 있는 고양이와는 상종도 하지 않겠다는 거
야? 내가 아는 자유로운 고양이, 아그네스답지 않은 말이
군. 우리 같은 고양이를 다른 종으로 만드는 건, 바로 너의
그런 말들이야. 우리가 함께할 때 넌 그 누구보다 길고양이
같았어."

"옛날 얘기야. 우리 사이의 경계를 인정하기 싫어도 그게
진실이야. 두부를 봐. 이제 두부는 다른 종으로 살아갈 거
야."

"두부? 슬프지만, 그래도 여전히 두부는 두부야."

오렌지와 아그네스가 함께 아는 고양이 두부는 일주일

전만 해도 집고양이였다. 그 전주에, 두부의 가족들은 새로 지은 아파트로 이사를 갔다. 그들은 두부를 데리고 가지 않았다. 누구도 예상하지 못한 일이었다. 녹슨 세탁기, 다리가 삭은 평상과 함께 두부는 빈집에 남겨졌다.

두부와 함께 살던 사람들은, 두부의 집사가 아니고 주인이었다. 두부는 그 주인에게 어느 정도 값어치의 소유물이었을까. 그즈음 동네의 고양이들은 집고양이, 길고양이 할 것 없이 지붕에서 골목 너머를 바라보고 있는 두부를 쉽게 찾을 수 있었다.

"몸이 그게 뭐야. 호랑이가 되기로 작정한 거야? 다른 집고양이의 사료라도 훔쳐 먹든가. 몸 관리 좀 하라고."

아그네스가 걱정인지 타박인지 모를 말을 했다.

"밖에 있는 고양이의 운명이겠지."

오렌지는 담담히 대답을 하고 대문을 슥 지나쳐 갔다.

"내가 말했던 그 길고양이야. 내 뒤통수를 치고 음식을 훔쳐갔던 그 녀석. 몸이 더 커졌어. 인간의 음식을 많이 먹어서 몸이 좋지 않다는 뜻이야. 인간 음식의 염분을 과다 섭취하면 신장이 망가지지."

난 아그네스가 오렌지에게 했던 말을 생각해봤다. 나도 아그네스의 말에 어느 정도 동의하고 있었다. 고양이들은 누구의 안이나 밖에 존재하는지, 어디에 위치하는지에 따라 전혀 다른 종이 된다고 해도 틀리지 않은 말이었다. 그 간극은 어쩔 수 없이 각자가 감당해야 한다고 생각했다. 그렇지만 내가 이렇게 되고 보니 그 생각이 얼마나 서글프게 다가오는지. 진짜로 난 다른 종이 되어버린 걸까. 집사님과 사랑을 주고받고 싶은 내 마음은 똑같은데.

처음 만난 날로부터 며칠 후 난 다시 오렌지를 마주쳤다.
그날은 괜히 평소와 다른 골목을 지나서 아그네스의 집까지 가고 싶은 생각이 들었다. 세 마리의 고양이에게 쫓기기 시작했을 때, 나는 한 길고양이 무리의 영역을 침범했다는 걸 알게 되었다. 막다른 골목에 다다랐다. 얼굴에 상처가 있고, 털이 헝클어진 고양이들이 내게 다가왔다. 제일 앞에 있던 잿빛 털을 가진 고양이가 앞발을 들어 내 얼굴을 할퀴었다. 얼굴이 따끔거렸지만 상처가 깊게 나진 않았다. 그런 상황에 놓였다는 게 당황스러울 뿐이었다. 그때 오렌지가 나타났다.
"친구들, 내가 해결하지. 내가 이 녀석에게 빚이 좀 있거든."
"오렌지, 이 녀석을 알아? 집사 밑에서 편하게 놀고먹는 이런 녀석은 혼이 좀 나야 돼. 그래야 세상이 호락호락하지 않다는 걸 알게 되지."

내 등에 차가운 시멘트 벽이 닿았다. 오렌지는 날 흘끔 보고는 대화를 이어갔다.

"아그네스. 지금 아그네스 곁에 있는 게 이 녀석이야."

"아! 그렇군. 확실히 오렌지 네 몫이군. 함부로 영역을 침범하면 어떻게 되는지 제대로 보여주라고."

내 앞에 있던 고양이들은 몸을 돌려서 골목을 빠져나갔다. 그곳엔 오렌지와 나만 남게 되었다.

"당신에 대한 얘기 들었어. 예전에 아그네스가 만났다던 길고양이."

"맞아. 내가 그 고양이야."

"아그네스와는 끝난 사이인 걸로 아는데? 먹이를 도둑질해서 다른 고양이에게 줬다지."

그 순간, 내 맘은 상반된 두 감정으로 가득 찼다. 그를 더 알아보고 싶은 마음과 그를 미워하는 마음으로.

"아그네스가 너 같은 애송이에게 마음을 줄지는 몰랐어."

털은 때가 타서 거뭇하고 먼지가 털에 뭉쳐 있었지만, 그에게서는 묘한 위엄이 느껴졌다.

"그래서 이제 날 어쩔 셈이야?"

"네겐 별 관심 없어. 한 가지 네가 알았으면 하는 게 있어."

"그게 뭐야?"

난 오렌지 앞에서 주눅 들지 않았다는 걸 보여주려고 괜히 더 큰 목소리로 대꾸했다.

"조만간 아그네스는 '다음'을 맞이하게 될 거야."

"그걸 어떻게 알지?"

"우리 중엔, '요물'이라고 불리는 고양이가 있어. 그는 가끔, 앞으로 일어날 일을 우리에게 알려주지. 어떤 고양이들은 그런 감각을 타고나기도 해. 요물이 주는 정보는 음식을 구하는 데 도움이 되거든."

"그래서, 그 고양이가 아그네스의 다음을 말했다는 거야?"

"아니. 더 정확히는 아그네스 집사의 다음을 말한 거지. 아그네스는 조만간 집사를 잃게 될 거고, 누군가의 위로가 많이 필요할 거야."

"그걸 내게 알려주는 이유가 뭐야?"

"아그네스는 위로를 받을 자격이 있으니까."

오렌지는 그 말을 하고는 돌아섰다. 그는 골목을 천천히 벗어나고 있었다. 난 그의 눈빛에서 뭔가를 보았다. 내 마음에 있는 것과 비슷한 그 무엇을. 그가 골목을 완전히 빠져나가기 직전에, 난 그를 향해 외쳤다.

"당신, 아그네스의 먹이를 훔친 게 아니지? 다른 이유가 있었던 거야. 아그네스와 헤어지려고 그 일을 꾸민 거야, 그렇지? 왜지?"

그는 잠시 걸음을 멈추었다.

"네가 다시 이곳에 나타난다면, 그땐 내 친구들을 말릴 수 없을 거야."

오렌지는 골목 밖으로 사라졌다. 마치 동굴 속에서 듣는 것처럼 울리던 그의 낮은 목소리가 가끔 내 귀에 맴도는 것 같다. 이따금씩, 오렌지를 생각하면 내 사랑이 왜소하게 느껴진다.

집사님도, 아그네스도 없는 세계를 살고 있는 내 두 번째 목숨이 어디서 끝을 맺을지도 상상해본다. 오늘 밤도 캄캄한 어둠을 덮어 쓰고 조금 울게 될 것 같다.

향기

운명의 도미노가 시작되어 우리를 덮치기 전에, 난 아그네스와 시간을 보내고 있었다. 아그네스는 자기 집 앞에서 나를 기다리고 있었다. 내가 집사님의 외출 시간에 맞춰 아그네스와 약속을 잡았기 때문이다. 난 문이 열릴 때부터 아그네스의 몸에서 나는 비누 냄새를 맡을 수 있었다. 부드러운 바람이 아그네스의 털을 훑고 지나갔다. 아그네스가 나를 보자 활짝 웃었다. 난 아그네스에게 다가가서 목덜미에 얼굴을 비비며 물었다.

"오늘은 어디서 놀까?"

"내 친구를 만나러 갈 거야. 요 근래 만나지 못했지만, 얼마 전에 새끼를 낳았을 거야. 널 소개해주고 싶기도 하고."

아그네스는 나를 데리고 아랫동네로 갔다. 아그네스는 오렌지와 헤어진 후에 다른 길고양이들의 영역인 그곳을 쏘다녔고, 여러 친구를 만났다고 했다. 아그네스와 친해진 길고양이 향기는 아그네스 또래의 암컷 고양이였다.

그곳은 재래시장과 작은 가게들이 몰려 있었다. 구불구불 이어지는 좁은 골목으로 사람들이 오갔다. 오래된 골목을 따라 낮은 가게 건물들이 다닥다닥 붙어 있었다. 골목 안 공기에 생선 냄새가 떠다녔다.

우린 골목을 따라 걸었다. 고개를 숙이고 눈을 치켜뜬 채 벽에 붙어 걷는 몇몇 길고양이들을 보았다. 그들은 주변을 경계하는 모습이었다. 아그네스가 멀리서 인사한 뭉치도 그중 하나였다.

"뭉치! 뭉치!"

뭉치는 회색 바탕에 검은 줄무늬가 있는 고양이였다. 뭉치가 고개를 들고 우리 쪽을 보았다. 처음에 뭉치는 아그네스를 못 알아봤는지 고개를 갸웃거렸다.

"나야, 아그네스. 오랜만이네."

그제야 뭉치는 아그네스를 보고 희미한 웃음을 지으며 다가왔다. 블록을 밟으며 다가오는 뭉치는 걷는 게 불편해

보였다.

"더 아름다워졌군, 아그네스. 털에도 윤기가 흐르고. 그 동안 뭐 한 거야?"

"난 뭐, 늘 그렇듯 즐겁게 지냈지. 근데 넌 어디가 아파? 힘이 없어 보이네."

"여기저기 아픈 게 당연하지. 우린 사람들이 먹는 음식을 먹잖아. 사흘에 한 번꼴로 배가 아프고 여기저기 안 쑤시는 데가 없어. 얼마 전에 일도 있었고."

"무슨 일?"

"뭐, 뻔한 일이지. 사람들이 우릴 해코지하는 일. 이번엔 술 취한 아저씨가 던진 돌에 허리를 맞았어. 그때부터 뛰질 못하겠어."

"저런. 다른 친구들은 어때? 잘 있어?"

"친구들? 음, 몇몇은 남아 있고, 몇몇은 죽었고. 여기선 잘 있냐는 물음보다 살아 있냐는 물음이 먼저지."

뭉치는 서 있는 게 불편한지 엉덩이를 바닥에 대고 앉았다.

"향기는 어때? 새끼는 낳았고?"

"향기? 아, 그래. 너 향기랑 친했었지? 네가 발길을 끊을 무렵에 향기는 임신 중이었지? 향기는 새끼들을 잘 낳았어.

세 마리였지. 세 마리 모두, 엄마를 닮은 노란 털에 오렌지색 무늬를 가지고 있었어. 거뭇한 무늬도 좀 있었고 말이야. 그걸 보고 아빠가 누군지 짐작할 수 있었지."

아그네스는 날 향해 환한 웃음을 지어 보였다. 나 역시 향기와 새끼들을 상상하며 웃음 지었다.

"그래서 아빠는 누군데? 검은 줄무늬라면, 깜보? 개미?"

"깜보…… 개미……. 그 이름들도 오랜만에 들어보네. 지금은 이 세상 고양이들이 아니야. 아마 깜보일 거야. 향기가 말은 안 했지만 우린 다 알 수 있었지. 좋아하는 건 숨길 수 없잖아. 안 그래, 젊은 친구?"

뭉치가 갑자기 내게 말을 걸어서 난 얼떨결에 고개를 끄덕여 보였다.

"향기가 혼자 새끼들을 키우고 있겠구나. 보고 싶어. 어디야?"

아그네스가 목소리를 높였다.

"날 따라와."

뭉치는 일어서서 몸을 돌려 반대쪽으로 걷기 시작했다. 우린 뭉치를 따라갔다. 골목을 벗어나자 작은 도로가 나왔다. 바닥이 하얗게 보일 정도로 오래되고 낡은 도로였다. 뭉치는 우리에게 작은 목소리로 저길 보라고 했다. 길 건너편에 식당이 보였다. 족발을 파는 식당 간판 아래쪽에 노란색 바탕에 거뭇한 줄무늬가 있는 고양이 한 마리가 앉아 있었다. 그 앞엔 물과 사료가 든 그릇이 있었다.

"저길 봐. 향기가 낳은 새끼 중 막내야. 몸집도 가장 작지."

"향기와 다른 애들은 어디 있어?"

아그네스의 목소리가 물에 떨어진 돌처럼 가라앉았다. 내 뒷덜미에도 서늘한 예감이 스치고 지나갔다. 나와 아그네스의 흥분이 식고 있었다. 뭉치는 도로 가에 배를 대고 엎드리며 대답했다.

"향기는 새끼 세 마리를 낳았지만 빨리 회복했어. 새끼들을 데리고 이 식당 주변에서 생활했지. 식당 주인은 향기의 새끼들을 귀여워했어. 지나갈 때마다 한마디씩 던지곤 했어. 어느 날 아침부터 그 식당 앞에서는 새끼들만 볼 수 있었어. 향기가 차에 치여 죽었다는 얘길 들은 건 얼마 뒤였어. 어미를 잃은 세 마리의 새끼 고양이들은 금세 앙상해졌어. 그러다가, 첫째와 둘째는 다른 동네에서 온 덩치 큰 고양이를 따라갔고 막내는 식당 주변에 남았어. 식당 주인 할머니는 모든 사정을 알았지. 그래서 지금 저 아이는 식당 고양이가 됐어. 다른 녀석들은, 글쎄, 떠난 이후로 보지 못했어."

아그네스는 길 건너에 있는 향기의 막내를 한참 동안 바라보았다. 막내도 이쪽을 쳐다보다가 이내 하품을 하더니, 엎드려서 눈을 감았다. 아그네스는 내게 가자고 했다.

"뭉치, 늘 조심하고 건강해."

"다음에 왔을 땐, 나도 이 세상에 없을지도 몰라."

뭉치가 농담조로 말했지만 우린 아무도 웃지 않았다.

돌아오는 길에 아그네스가 말했다.

"저 고양이들에게 위험은 공기 같아. 하루아침에 사람의 장난으로 가족이 죽고, 거짓말 같은 사고로 늘 다니던 길에서 사라지지. 그런 일엔 아무 이유가 없어. 그저 고양이에게 일어나는 일들이야. 자신에게만 그런 일이 생기지 않길 바라며 하루하루 지내는 거야. 우리 같은 집고양이들의 사정은 나은 편이지만."

난 그날 본 아그네스의 눈빛을 지금도 잊을 수 없다. 눈물을 보이지는 않았지만 아그네스는 분명 울고 있었다. 가끔 향기의 이야기가 생각난다. 내게 일어난 일들의 전조 같아서.

울적해진 아그네스를 위로해주고 집에 돌아온 금요일 밤, 집사님이 침대에서 앓고 있었다. 감기 몸살인지, 집사님이 이불을 끌어안고 신음하고 있었다. 난 덜컥 겁이 났다.

예전에 집사님의 1년을 삼켜버린 그 병이 다시 찾아온 건 아닐까, 하고. 집사님은 날 안심시켰다.

"엄마는…… 괜찮아. 감기 몸살일 뿐이야. 조금만 쉬면 될 거야."

집사님은 주말까지 꼬박 사흘을 앓았다. 난 집사님 옆자리를 지켰다. 내가 집사님의 이마에 물수건을 올려주거나 약을 가져다줄 순 없었지만, 종종 말을 걸면서 혼자가 아니라는 감각을 일깨워줄 순 있었다.

우리의 다음

텅 빈 주차장을 바라보고 있으면 과거를 떠올리지 않을수 없다. 텅 비어버린 공간과 시간을 내 기억만이, 아직 기억 속에 남아 있는 사랑하는 이들만이 채울 수 있기 때문이다. 바닥에 그려진 하얀 주차 선을 눈으로 따라 그리면서 난우리가 '다음'을 맞이했던 때를 떠올렸다. 그건, 마치 주차선처럼 내 안에 또렷하게 새겨져 있다.

앓기 시작한 지 사흘이 지나고 월요일 점심쯤, 집사님은기운을 차리고 기력을 회복했다.

"아휴. 이제 좀 살겠네." 집사님은 다가온 나를 안아 들었다. 포근한 이불솜 냄새가 났다. "너도 엄마 땜에 고생했어."

집사님은 부스스한 머리를 고무줄로 질끈 동여매고 외출 준비를 했다.

집사님이 나가면서 나를 밖으로 내보내주었다. 난 아그네스를 향해 달려갔다. 한껏 도도한 표정으로 투정을 부리겠지.

아그네스의 집 대문은 닫혀 있었다. 그 모습을 보자, 내 머릿속에 찌릿, 하고 전기가 흘렀다. 난 담을 타고 올라섰다. 마당은 비어 있었고 할머니도 보이지 않았다. 집에선 음식 냄새가 희미하게 떠돌았다.

"삼 일째야. 왜 이제 온 거야?"

담 아래에 오렌지가 서 있었다. 난 오렌지 옆으로 내려섰다.

"무슨 말이야? 삼 일째라니?"

"아그네스의 집사가 떠난 지 삼 일 됐다는 말이야. 내가 미리 말했었지. 아그네스의 '다음'이 찾아온 거야. 금요일 오후였어. 잠자듯 떠났다고 했어. 대문 앞에 등이 걸리고, 많은 사람들이 드나들었어. 그러곤 아무도 남지 않게 되었지."

금요일 오후라면, 우리가 향기를 만나러 갔을 때였다. 아그네스는 나와 헤어져 집으로 돌아와서 할머니의 죽음을 마주했던 것이다. 아그네스가 집을 나서는 순간 보았던 할머니의 낮잠은 어쩌면 영원한 잠이었을지도.

"그럼 아그네스는 어디로 간 거야?"

"어딘지는 모르고, 할머니의 자식 중 하나가 데려가는 것 같았어."

"혹시 아그네스를 봤어? 아그네스는, 어땠어?"

"아그네스를 알잖아. 약한 모습을 보이진 않았지만, 반쯤은 마음이 무너진 것 같았어. 가면서 네 얘길 했어."

"무슨?"

"네게 말을 전해주라고 했어. 다시 만날 행운이 있기를, 이라고."

그 말을 듣는 순간, 천천히 익사하는 기분이 들었다. 오렌지는 돌아서면서 덧붙였다.

"그런 일이 있으려면 아주 많은 행운이 필요할 거야, 친구. 우리 운명이라는 게 이렇지. 몇 발짝 떨어져서 파도가 오가는 걸 바라보고 있었는데, 어느 순간 그 파도에 쓸려 가는 나 자신을 보게 되는 거. 이번엔 아그네스 차례였지만 언제 네 차례가 올지 몰라. 그래도 그게 끝은 아니니까."

난 마음을 어쩌지 못해서 소리를 지르며 집으로 달려왔

다. 오는 길에 괜히 나무에 몸을 부딪치기도 하고, 길가에 핀 꽃을 물어뜯기도 했다. 담벼락에 쌓아놓은 쓰레기봉투를 물어뜯어 주변을 엉망으로 만들기도 했다. 그렇게 해도 마음을 어찌할 수 없었다. 오렌지는 끝이 아니라고 했지만, 모든 게 끝난 것 같았다. 아그네스를 보지 못하고 떠나보냈다는 사실로 인해, 마음속에서 오래 발효되던 포도주 자루가 터져버린 것 같았다.

*

내가 아그네스를 만났던 기간 동안, 집사님도 어느 때보다 의욕적인 일상을 살아가고 있었다. 집사님은 민성과 본격적인 연애를 시작했고, 카페에서 시간제 아르바이트를 하는 한편, 글도 착실히 쓰고 있었다. 토요일엔 글방을 열어 동네 아이들에게 글쓰기를 가르쳤다. 오븐 속 반죽이 빵으로 변하듯 집사님의 일상은 서서히 자리 잡혀갔다.

집사님이 일하게 된 새 카페는 중심가에서 조금 떨어져 있었고 규모는 아담했지만, 빵이 맛있다고 소문나서 사람들이 일부러 찾아오는 카페였다. 대학생 두 사람이 주야간을 번갈아 근무했지만, 주간 일을 하던 아르바이트생이 복학을 하게 되면서 자리가 났다. 매일 아침 정보지를 살피던 집사님은 오픈 시간에 맞춰 카페를 찾았다.

집사님은 카페 아르바이트 경력을 차분하게 말했고, 카운터, 서빙, 카페 청결 등 모든 걸 다 책임질 수 있다고 어필했다. 그 말을 듣고 사장님은 집사님에게 악수를 청했다.

"내가 찾던 인재예요. 따로 가르칠 필요도 없을 것 같네요. 이런 행운이!"

집사님은 그날 바로 일을 시작했고, 다음 타임 아르바이트생과 교대하고 카페를 나올 때 사장님이 주방에서 나와 엄지손가락을 들어 보였다고 했다.

토요일에 진행하던 글쓰기 수업도 자리를 잡아가고 있었다. 처음엔 쉽지 않았다. 작가였음에도, 학력이 고졸인 집사님에게 자녀의 글쓰기 수업을 선뜻 맡기는 부모는 없었다. 집사님은 조급해하지 않고 한 아이에게 최선을 다하다 보면 글쓰기 교실이 조금씩 커질 거라고 생각했다. 그 생각은 맞았다.

평소 집사님과 자주 마주치던 동네 편의점 사장님의 남매가 첫 학생이었다. 아홉 살, 열 살의 연년생인 남매는 두 달쯤 집사님과 책을 읽고 글을 쓰는 수업을 했다. 누나인 여자아이가 동네 친구를 데리고 와서 두 달 만에 세 명으로 늘었다. 또 한 달이 지났을 때, 소문을 들은 열두 살, 열 살 자매의 엄마가 아이들의 손을 잡고 집사님을 찾아왔다. 글쓰기 수업이 시작되고 석 달이 지났을 무렵, 수업에 참여하는 아이가 다섯 명으로 는 것이다.

한 달에 한 번씩 하는 독서 모임도 잘 이끌고 있었고 민성과 안정적인 연인 관계를 유지하고 있었다. 사랑에 빠진 집사님은 도파민의 마법으로 인해 뭘 해도 즐겁고 어떤 도전도 두렵지 않은 상태였다.

그 무렵 두 번째 책의 초고를 탈고했다. 집사님은 자기 삶의 난관을 무늬로 바꾸기로 마음먹었다. '스무 살의 홀로서기'가 주제인 일상 에세이였다. 집사님은 저녁을 먹으러 온 민성에게 책의 초고를 보여주며 말했다.

"이 책은, 내가 울타리 밖에 남기로 했기 때문에 쓸 수 있었어."

내게도 호시절이었다. 집사님의 보살핌 속에서 발을 아무렇게나 뻗어도 온 사방에 달려 있는 열매를 쉽게 딸 수 있었다. 아그네스를 잃기 전까진. 아그네스가 떠난 후에 난, 대부분의 시간을 거실 바닥에 엎드려 먼지 냄새만 맡았다. 사료도 별로 먹지 않았다. 집사님이 나를 병원에 데리고 가야하나 걱정할 정도였다. 다음 불행이 대기하고 있을 거라곤 상상하지 못했다. 상상조차 하지 않은 벌이었을까.

모든 게 바뀌어버린 그날, 집사님은 날 데리고 나갈 차비를 했다. 집사님은 두 번째 책의 기획안과 초고를 보고 연락을 준 출판사 관계자와 만나기로 했다.

집사님의 약속 장소는 시내 중심가 카페였다. 집에서는 버스로 20분 정도 가야 하는 거리였다. 집사님은 자전거를 타고 가기로 했다. 나를 자전거 앞의 바구니에 태우면서 말했다.

"우리 귀요미, 이 엄마에겐 정말 중요하고 의미 있는 날이야. 오늘은 그 기분을 너와 함께하고 싶어. 그래서 약속 장소도 반려동물 출입이 되는 카페로 잡았지. 엄마랑 바람 쐬고 오자."

집사님의 다정한 말도 별 위로가 되지 않았다. 머릿속은 온통 아그네스로 가득 차 있었다.

집에서 약속 장소까지는 자전거로 40분쯤 걸리는 거리였다. 동네에서 시내 중심가까지 자전거 도로가 이어져 있었다. 동네를 벗어나자, 논밭과 들판이 차례로 보였다. 저수지와 강을 지나기도 했다.

그날, 그 일이 일어났다. 술 취한 남자 하나가 하필 그 시간에 집사님의 자전거를 가로막았고, 자전거는 수풀 속에

처박혔다. 집사님이 실려 가는 동안, 난 길 구석에 떨어져 반쯤 의식을 잃은 채였다. 한밤중에 집사님의 자전거를 싣고 가는 남자의 트럭에 올라탔다가 어찌어찌 이곳 아웃렛까지 오게 되었다.

그렇게, 나의 '다음'이 시작되었다. 어딘가에서 아그네스의 '다음'도 시작되었겠지. 나는 하루아침에 사랑하는 존재들을 잃었다. 집사님은 괜찮은지 걱정이 되었다. 내가 집사님 곁에 있어서, 집사님이 나의 보드라웠던 털을 쓰다듬을 수 있었다면 회복하는 데 조금은 도움이 되었을 텐데.

그날, 우주 바깥으로 튕겨져 나온 지금의 나는, 전혀 다른 고양이가 되었다.

쥐 잡이

"여기에 쥐가 있단 말이지? 본 데가 어디야?"

해가 높이 떴을 때 머리를 군인처럼 바짝 깎은 비대한 남자가 알바생을 앞세우고 나타났다. 그는 아웃렛의 지점장이었다. 지점장이 아웃렛 매장에 나오는 경우는 드물었다. 직원들의 대화를 엿들은 적이 있다. 지점장은 또 다른 매장을 관리하고 있다고 했다. 그 매장에 지점장의 사무실이 있고, 이곳은 매장 매니저에게 관리를 맡기는 형편이었다. 여기엔 특별한 일이 있을 때 가끔 들른다고 했다.

지점장은 머리가 워낙 짧아서 두피에 송글송글 맺힌 땀까지 보일 정도였다. 땀이 타고 흘러내린 목덜미가 번들거렸다. 지점장은 내가 앉아 있는 곳까지 와서는 주변을 두리번거렸다. 그러다 날 발견하고는 멈춰 섰다.

"저 고양이, 아직 여기 있는 거야?"

"네."

"몇 달 됐잖아? 아직도 살아 있어? 저거 처리할 방법은 없나?"

"글쎄요."

내게 가끔 사료를 주는 남자 알바생은 얼굴이 빨개졌다. 가끔 만나는 그의 몸에서 친숙한 냄새가 나는 걸 봐서는 그도 고양이 집사인 것 같았다.

"근데 고양이가 있는데 어떻게 쥐가 다니는 거야?"

지점장이 허리에 손을 올리고 말했다.

"그건 저희도 잘······."

"이것 봐, 알바. 아웃렛 게시판 확인은 안 하는 거야? 이번 달만 해도 주차장에서 대낮에 쥐가 다니는 걸 본 고객이 두 명이나 있어. 주차장이 추잡한 동물 집합소가 되어가는데 대체 뭘 한 거야? 매니저 외근 갔다 오면 나한테 전화하라고 해."

난 미동도 않고 주차장 울타리 그늘 아래 앉아 있었다. 차위에 올라 앉아 있지 않은 게 다행이었다.

난 일개 고양이지만, 이곳에서 내 생활을 좌지우지할 만한 사람이 누군지는 잘 알고 있었다. 지점장은 말 한마디로 날 쫓아낼 수 있는 사람이었다. 내게 침 뱉고, 조롱하던 사람들은 하나도 무섭지 않았지만 지점장은 두려웠다. 이곳에서도 근근이 버티는데 쫓겨나기까지 하면 더 버틸 수 있을지 확신할 수 없었다. 다음 집사님을 만날 수 있는 가능성도 영영 사라져버리겠지.

지점장을 본 날부터 고민에 빠졌다. 이곳에서 쫓겨나지 않고 살아남으려면 어떻게 해야 할까. 달빛이 비치는 밤에도 잠을 이루지 못하고 생각했다. 결론은, 그들에게 필요한 존재가 되어야 한다는 것이었다. 그건, 쥐를 잡는 고양이가 되는 것.

저들은 쥐를 잡으려 할 테고, 쥐는 누구한테 잡혀도 죽음을 맞이할 것이었다. 작은 좁쌀 같은 눈을 떠올리면 녀석이 좀 안됐다는 생각이 들긴 했지만, 어쩔 수 없었다. 쥐는 결국 그런 동물이니까. 혐오스런 쥐보다 내가 사는 게 더 중요하니까.

운명의 날은 생각보다 빨리 찾아왔다. 그날 오후, 지점장과 매니저, 그리고 알바생이 주차장에 나타났다. 그들은 목장갑을 낀 손으로 쥐 잡이 도구를 들고 왔다. 쥐덫과 미끼,

쥐 끈끈이 같은 것을. 그들은 주차장 가장자리에 일정한 간격으로 그것들을 설치했다. 그것들보다 내가 먼저 쥐를 잡아야 했다.

설치가 끝난 후, 지점장은 매니저와 알바생을 세워두고 소비자의 마음을 구워삶는 방법에 대해 일장 연설을 했다. 그들은 땡볕에서 한참을 서 있었다. 지점장의 땀에 젖은 뒤통수는 햇살을 반사시키며 반짝거렸다.

그때였다. 내 콧수염 중 하나가 찌릿, 하는 느낌과 함께 부르르 떨렸다. 녀석이었다. 난 주변을 두리번거렸다.

'쥐덫에 걸리면 안 돼!'

사방이 쥐덫 천지였다. 거기에 걸려든다면 쥐는 의미 없는 최후를 맞게 될 것이다. 내가 먼저 찾아서 잡아야 했다. 지점장이 와 있는 그 순간이 가장 좋은 기회였다.

녀석은 뒤쪽 울타리의 헐거운 틈으로 고개를 내밀고 있었다. 몇 발짝 거리에 쥐 잡이용 끈끈이가 두 개나 놓여 있었다. 녀석이 만일, 처음 본 끈끈이가 신기해서 그 위를 지나치는 순간, 모든 건 끝장나버릴 것이었다. 녀석이 이제 울타리 안쪽으로 넘어왔다. 입안에 뭘 물고 있는지 양 볼이 불룩 튀어나와 있었다. 녀석은 작은 다리를 놀려서 가장 가까운 끈끈이를 지나쳐 내가 있는 쪽으로 오고 있었다.

"쉿, 저것 봐!"

지점장이 조심스럽게 말했다. 매니저와 알바생 모두 쥐가 있는 쪽을 돌아보았다.

"쥐새끼, 오늘 넌 끝장이다."

그들은 움직이면 혹시 쥐가 달아나버릴까 봐, 가만히 서서 지켜보았다. 쥐는 가고 서길 반복하면서 천천히 날 향해 오고 있었다. 난 사정거리에 들어올 때까지 기다렸다가 녀석을 잡을 생각이었다. 사람들은 나와 쥐를 번갈아 보고 있었다.

"쥐만큼 엉망인 고양이가 어떻게 하는지 지켜보자고!"

지점장이 말했다.

"처음엔 안 그랬는데, 저 녀석 피부병에 걸린 것 같아요."

매니저가 말했다.

'쥐만큼 엉망이라고? 피부병?'

난 천천히 일어나서 앞에 서 있던 검은색 자동차에 내 모습을 비추어보았다. 순간 왈칵, 눈물이 날 것 같았다. 자동차에 비친 고양이는 내가 알던 내 모습이 아니었다. 군데군데 털이 빠져 살색 피부가 드러나 있었다. 초라하고 흉했다. 나와 쥐가 별 차이 없이 느껴진다는 소리를 들어도 할 말 없을 정도였다. 난 그 순간, 내 이름을 떠올렸다. 아웃렛이 실은, '바깥(out)'의 '쥐(rat)'라는 뜻이었네.

한동안 멍하니 차에 비친 내 모습을 보았다. 누구에게도 환영받지 못할 모습. 나조차 내 모습이 싫어졌다.

그동안 집사님을 다시 만나거나, 아니면 새로운 집사님이 나를 원할 거라는 희망을 품었다. 내 모습을 정확히 알게 된 순간, 그 희망은 산산조각 나버렸다. 난 힘없이 울었다. 눈물은 나지 않았다. 사람들은 그저 내가 작게 야옹거리는 소리를 들었을 것이다.

고개를 돌려 나만큼 혐오스러운 쥐를 보았다. 녀석은 자신을 유혹하는 마지막 관문을 앞에 두고 있었다. 쥐 잡이 끈끈이를 막 지날 참이었다. 녀석은 머뭇거렸고 눈빛이 달라지는 게 느껴졌다. 코를 벌름거리며 끈끈이를 향해 한 발짝 내딛는 게 보였다.

난 그때 움직였다.

나 자신도 놀랄 만큼 빠르게 달려들었다. 순식간에 녀석 앞에 섰다. 끈끈이 위에 녀석이 앞발을 내려놓을 찰나, 녀석의 목덜미를 물고는 울타리로 내달렸다. 그러곤 울타리를 훌쩍 뛰어넘었다. 아웃렛이 보이지 않는 곳까지 달렸다.

내가 왜 그때 녀석을 사람들 앞에서 물어뜯어 죽이지 않았을까. 난 그 녀석에게서 내 모습을 보았다. 무력하게 혐오의 대상이 된 존재. 우린 그저 살기 위해 애쓸 뿐인데. 결국 녀석과 나는 여기서 별반 다를 바 없는 존재였다.

잡초들이 드문드문 나 있는 길 한쪽에 녀석을 내려놓았다. 녀석의 목덜미엔 내 이빨 자국이 나 있었고 그 작은 구멍들엔 피가 송글송글 맺혀 있었다. 난 그 피를 핥아주었다.

녀석은 나를 한번 올려다보더니 입 속에 있던 개암나무 열매 두 개를 땅바닥에 뱉어 놓았다. 내게 주려고 갖고 온 거였다. 난 녀석을 핥아주면서 녀석의 털이 내 털과 크게 다르지 않다는 걸 깨달았다.

"미안하지만, 난 이런 딱딱한 건 먹지 않아. 너처럼 튼튼한 이빨을 갖지 못했거든." 녀석은 고개를 들고 수염을 움직이며 뭐라고 말하는 것 같았다. "넌 이제 아웃렛에 나타나서는 안 돼. 사람들이 널 잡으려고 덫을 놓았어."

녀석은 말을 알아듣는 것 같았다. 주둥이를 들고서 계속 입을 오물거렸다. 좁쌀 같은 까만 눈은 나를 따라다녔다.

"이제 날 찾아오지 마. 나도 머잖아 이곳을 떠나게 될 거야. 그리고 고양이한테는 가까이 가지 마. 내가 유능한 고양이 같았으면 넌 벌써 죽었을 거야."

"찌지찍!"

녀석은 자기가 낼 수 있는 가장 큰 소리를 내는 것 같았다. 녀석은 모든 걸 이해한 것처럼 보였다.

"넌 앞으로도 널 사랑해줄 누군가를 만나지 못할지 몰라. 그래도 넌 고양이의 호의를 얻은 최초의 쥐일 거야. 그걸로 만족해."

난 녀석의 목덜미를 한 번 더 힘차게 핥아주었다. 나와 녀석은 둘 다 사람들의 경계 바깥에 있었지만, 그 녀석은 내 경계 안에 들어와 있었다. 아무리 세상 끝 경계 바깥에 있는 존재라도 자신의 경계 안에 누군가를 들일 수 있는 법이다. 모두가 세상의 거대한 경계 안에 들어가려고 안간힘을 쓰지만 각자가 지닌 경계를 열어둘 때 새로운 여정이 시작된다는 걸, 난 녀석이 뱉어 놓은 개암나무 열매를 보며 깨달았다. 난 뒤를 돌아 다시 아웃렛을 향해 달려갔다. 나는 이제 아웃렛을 떠날 것이다. 아웃렛은 나를 다시 예전의 경계 안으로 들여보내줄 마지막 관문 같은 것이었지만, 난 이제 사람들이 만든 경계 바깥에 있어도 괜찮을 것 같았다.

사람들의 울타리에 편입되기를 거부하고 자신의 울타리를 활짝 열고 지냈던 집사님이 생각났다. 난 잠시나마 집사님의 고양이였던 게 자랑스러웠다.

주차장에 지점장과 직원들은 없었다. 난 선명한 주차 선을 무시하고 걸어갔다. 몇 달간 내가 머물던 작은 지붕 아래로 갔다. 마지막으로 해가 질 때 햇살이 타는 냄새를 맡으려고, 밤의 향기를 몰고 오는 잔잔한 바람을 맞이하려고 편한 자세로 누웠다.

오늘 밤엔 쥐 녀석의 갉는 소리가 듣고 싶어진다. 내게 마음을 주었던 마지막 존재마저 떠나보냈다. 그런 마음을 다시 얻을 수 있을까. 울타리를 따라 놓인 차가운 쥐덫들이 달빛을 반사하며 빛나고 있었다.

Out of outlet

밤새 바람이 많이 불었다. 주차장의 바깥에서 낙엽들이 날아왔다. 주차장의 잿빛 바닥을 덮은 낙엽 덕분에 이곳이 처음으로 자연의 일부로 느껴졌다. 자동차가 낙엽을 밟으며 들어올 때면 바삭한 과자 소리가 났다.

언젠가부터 느끼고 있었다. 자동차 위에서 재주를 부려 봐도 이제 나를 애정 어린 눈빛으로 봐주는 사람이 없다는 걸. 점점 털이 빠져서 사람들이 나를 피하고 싶어 한다는 걸. 애써 대수롭지 않게 여기려 했던 것일 뿐. 그럴수록 난 현실에서 벗어나 옛날 기억을 떠올리는 데 골몰했다. 그 기억 속에서 아직 괜찮은 상태인 나를 보려고 했다.

자동차 아래로 내려와서 사람들에게 가까이 다가가면 그들은 소스라치게 놀라곤 했다. 더 가까이 오지 못하게 손사래를 치거나 나를 위협했다. 나를 신기하게 보던 눈빛은 혐오로 바뀌었다.

최근엔, 사나흘에 한 번씩 알바생이 몰래 주는 고양이 사료 말고는 거의 먹질 못했다. 내 영양 상태는 더 나빠졌고 그 때문에 피부병은 악화되고 있었다. 예전 내 모습을 찾는 건 이제 불가능할 것이다. 난 언젠가부터 고양이 쇼를 중단하고 주차장 한구석 울타리에 딱 달라붙어 엎드려 있었다. 고작 하는 일이라곤, 하루 종일 집사님을, 아그네스를, 그들과 함께했던 시간을 추억하는 게 다였다.

"쯧쯧. 어쩌다 저렇게 됐지? 불쌍한 것."

"저런 게 이런 곳에 있다니. 참 이상한 일이야."

"병이라도 옮기면 어쩌려고 저걸 이곳에 둘까."

나를 본 사람들은 동정, 회피, 의문, 증오 등 갖가지 감정을 드러냈다. 난 점점 무력감에 젖었고 더 깊이 병들고 있었다.

난 이제 떠날 결심을 했다. 전날에 쥐를 구하면서 이전과는 전혀 결이 다른 희망을 본 것 같았다. 무력감을 가까스로 밀어내고 그 자리에 새 여정에 대한 기대를 채워 넣었다. 떠나기 직전에 내 마음을 흔들 만한 일이 있었다. 그건 유혹이었고, 내가 버리기로 한 희망의 꼬리였다.

정오 무렵이었다. 준희가 차에서 내렸다. 거의 한 달 만이었다. 그 아이는 나를 찾는 듯 주변을 두리번거렸다. 나는 SUV 차량 아래에 들어가 웅크렸다. 준희는 필사적으로 주차장 곳곳을 뒤지고 있었다.

"야옹아, 나 왔어! 어디 있니? 아웃렛? 아웃렛? 요거트도 가지고 왔어."

준희는 내 이름을 부르고 있었다. 나밖에 모르는 내 이름을. 아니, 어떻게! 저 아이는 정말 내 마음을 들여다볼 수 있다는 건가. 만날 때마다 나를 놀라게 하는 아이.

이번엔 아버지와 둘이 온 모양이었다. 순전히 나를 보기 위해 왔다는 걸 알 수 있었다. 그렇지만 난 그 선한 소년 앞으로 나서질 못했다. 이런 내 모습을 보이지 않는 게 서로에게 최선이겠지. 아이는 나를 보면 크게 실망할 것이다. 단박에 이곳에 온 걸 후회하게 되겠지. 난 그것만은, 그 일만은 일어나선 안 된다고 생각했다.

시간이 흘렀고 아빠와 약속한 시간이 다 된 것인지, 준희는 고개를 푹 숙이고 차에 다시 올라탔다. 차는 천천히 주차장을 빠져나갔다. 준희는 끝까지 차창 밖을 쳐다보고 있었다. 난 자동차 타이어 뒤에 몸을 숨긴 채, 얼굴을 거의 바닥에 붙이곤 준희의 마지막 모습을 지켜보았다. 준희가 탄 차의 한쪽 미등만 보일 때쯤 나와서는 아이에게 야옹, 하고 마지막 인사를 건넸다. 준희야, 고마웠어. 안녕.

　난 주차장의 울타리를 뛰어넘어 밖으로 나왔다. 새로 갈 곳이 있는지 살펴볼 생각이었다. 아웃렛에서 점점 멀어졌다. 몇 달 전 그곳을 배회했을 때 한창 공사를 하던 곳곳에 건물들이 들어서 있었다. 이곳에 올 때만 해도 황량했던 벌판이었는데.

　걷다 보니 주변의 풍경이 점점 바뀌기 시작했다. 개발의 파도는 아웃렛의 반대쪽에서 아웃렛 방향으로 진행되고 있는 것 같았다. 잘 닦인 길, 널찍한 도로, 깨끗한 건물들이 드문드문 나타났다. 지나는 동안 길고양이나 배회하는 개는 볼 수가 없었다. 사람들이 건설한 세련된 새 공간. 난 그런 곳에 가장 어울리지 않는 존재일 것이다.

　해가 질 무렵, 건물들이 많이 모인 곳에 다다랐다. 붉게 타는 노을 아래의 세련된 마을에서 맛있는 음식 냄새가 풍겨왔다. 그리고 사람들의 향기가 바람에 실려 왔다. 난 그 냄새를 따라서 마을로 들어섰다.

그곳은 음식점들이 늘어선 거리였다. 깔끔하게 정돈된 길이었다. 음식점 이름이 적힌 커다란 간판은 찾아볼 수 없었다. 간판이 없거나 특이한 문양으로 간판을 대신한 집이 많았다. 거리는 일자로 뻗어 있었다. 거리를 가운데 두고 양쪽에 많은 상점들이 있었고 제법 많은 사람들이 거리를 오갔다. 거리 입구 한쪽에 투명한 간판에 쓴 글자가 보였다.

'유리단길에 오신 걸 환영합니다.'

그 멋진 거리를 걸으면서 아웃렛 주차장에 있을 때보다 내가 더 초라하게 느껴졌다. 난 이 거리에 어울리는 고양이가 아니었다. 이 거리는 털이 거의 다 빠지고 바짝 마르고 더러워진 고양이가 다닐 만한 길이 아니었다.

상점을 지나가다가 흥미로운 곳을 발견했다. 사람들은 차를 마시고 있었고 고양이들은 그 사이를 자유롭게 지나다녔다. 난 유리문으로 다가섰다. 안을 유심히 들여다보았다. 마침 문 앞을 지나던 검은색 고양이 하나가 나를 발견하고 다가왔다. 크기로 봐서는 내 또래 같았다.

"네 꼴이 그게 뭐야? 넌 집사가 없어?"

유리문을 사이에 두고 검은 고양이가 말을 걸어왔다.

"응, 그렇게 됐어. 지금은."

"가엾어라."

"이곳은 뭐야? 고양이도 들어갈 수 있는 곳이야?"

"맞아. 고양이 카페라는 곳인데, 집사들이 고양이를 데리고 올 수 있지."

"너도 집사님과 함께 왔니?"

"난 이곳이 집이야. 이 가게 주인이 내 집사님이야. 내 형제 둘도 함께 살지."

검은 고양이는 카페 안쪽의 캣타워를 가리켰다. 검은색 고양이 하나가 꼭대기에 앉아 있었다.

"내 막냇동생이야. 둘째는 어디에 있는지 모르겠네."

"가족들과 함께 살아서 좋겠구나."

"행운이지. 넌 어떻게 된 거야? 버림받은 거야?"

"어쩌다 그렇게 됐어."

"버림받고 길에서 살다가 새로운 집사님을 만난 녀석들도 여기 가끔 오거든. 걔네들 사연을 들으면 눈물이 나곤해. 너도 고생이 많았겠네."

"뭐, 조금."

난 희미하게 웃었다.

"네 상태가 안 좋아 보여. 걱정된다. 조금 있으면 겨울인데. 혹시 홀로 맞는 첫 겨울이니?"

"맞아."

"추위가 오기 전에 따뜻한 곳을 찾아야 할 거야. 밖에서 지내기엔 너무 춥거든."

그때 뒤에서 인기척이 느껴졌다. 단정하게 정돈된 회색 털의 러시안 블루를 품에 안은 여자가 나를 내려다보고 있었다. 여자의 눈빛을 읽을 수 있었다. 불안감이었다. 여자는 나를 내려다보며 한동안 서 있었다. 그때 안쪽에서 문이 열렸다. 턱수염을 기른 한 남자가 안쪽에서 나왔다. 이 카페의 주인이었다.

"이 녀석이 문을 막고 있었네요. 어서 오세요. 라라도 안녕?"

남자는 내 앞을 막아서며 여자와 라라라는 고양이가 들어갈 길을 터주었다. 마치 내가 그들을 막고 있었다는 듯. 여자와 고양이는 재빨리 안으로 들어갔다. 여자는 문의 안쪽에서 말했다.

"어쩌다 이렇게 됐을까요? 배가 고픈 거 같은데 먹을 거라도 좀 줘야 할까요?"

"키울 생각이 아니라면 정을 주지 않는 게 좋아요. 먹을 것을 주면 여기에 계속 나타날 거예요. 불쌍하지만 어쩔 수 없죠."

남자는 턱수염을 손으로 매만지며 짐짓 전문가 같은 톤

으로 말했다.

여자는 아휴, 하고 동정의 표현인지 무엇인지 모를 한숨을 쉬고는 안쪽으로 들어가서 자리를 잡고 앉았다. 난 예전부터 이것이 사람들의 대화법이라는 걸 알았다. 우리 같은 동물을 앞에 두고는, 서로의 마음을 편하게 만들어줄 말을 하는 거다.

"불쌍한 녀석. 나쁜 사람들! 이런 아이를 버리다니. 훠이, 이제 가거라. 여기엔 너 먹을 거 없다."

남자는 문을 닫고 돌아섰다.

문 옆으로 잠시 비켜나 있던 검은 고양이는 남자가 카운터로 돌아가자 다시 유리문 앞으로 다가왔다.

"너무 서운해하진 마. 이 세계가 원래 그렇잖아. 대부분은 자신에게 속한 고양이에게만 관대하지. 그 외의 것은 자기와 다 무관한 거니까."

난 아무 말도 않고 카페 안을 물끄러미 바라만 보았다. 검은 고양이가 말을 이었다.

"웃기는 일이지. 이 유리창 하나를 사이에 두고 안과 밖의 세계가 전혀 다르다는 것 말이야. 난 밖으로 나갈 용기가 없고, 넌 들어올 자격이 없지. 우린 다른 세계에 있는 거야."

"다른 세계. 난 그걸 진짜로 믿었었지. 길고양이를 보며 당연히 우린 다르다고 말했지."

난 검은 고양이가 듣지 않아도 상관없다는 듯 아주 작게 되뇌었다.

"이제 어디로 갈 생각이야?"

"어디든. 날 받아줄 곳이라면."

"이 거리엔 오래 머물지 않는 것이 좋을 거야. 도시에서 특별히 관리하는 곳이거든. 버려진 고양이에겐 관대하지 않은 곳이야."

"그렇게 되었구나. 예전엔 황량한 땅이었는데. 난 이만 가봐야겠어."

"행운을 빌어, 친구."

"고마워."

거리는 조금 전에 택배상자에서 나온 새것 같았다. 그날 밤은, 베트남 음식을 파는 식당 뒷마당 담벼락 아래에서 쪽잠을 잤다. 일찍 일어나서 다음 날도 거리로 나갔다. 평일 오전이라 사람들이 많이 다니진 않았다. 그러나 나처럼 병들고 지친 고양이는 사람들의 눈에 더 잘 띄는 법이다. 난 분명히 그 멋진 거리 풍경에 어울리지 않는 이방인이었다. 난 거리에 오후까지 머물렀다.

가로수 아래에 앉아 있을 때, 차 한 대가 다가왔다. 난 무슨 일이 일어날지 직감했다. 오히려 그 일을 기다리고 있었는지도 모르겠다. 차에서 하얀 장갑을 낀 두 사람이 내렸다. 한 사람은 새장 같은 철제 케이지를 들고 있었다. 두 사람은 내가 달아날까 봐 아주 천천히 다가왔다. 난 그들을 안심시켜야겠다고 생각했다. 일어나서 그들을 향해 걸어갔다.

"상태가 많이 안 좋네요."

케이지를 든 키 큰 남자가 말했다.

"어디서 온 거지? 이 주변은 주택가가 없는데."

마스크를 낀 키 작은 남자가 말했다.

"달아날 마음은 없어 보이네요."

"너무 지치고 정에 굶주린 녀석들은 이렇더라고."

작은 남자는 자기 발밑에 서 있는 나를 부드럽게 들어 올렸다. 그러곤 장갑 낀 손으로 내 머리와 등을 쓰다듬어주었다. 사람의 손길이 닿은 게 얼마 만인지 모르겠어서, 눈물이 났다.

"케이지는 필요 없겠네요."

"응, 그냥 안고 갈게. 너무 가벼워. 털 뭉치를 들고 있는 느낌이야."

그들은 나를 유기 동물 보호소로 데리고 갔다. 가자마자 그들은 나를 씻기고 약을 발라주고 먹을 것을 주었다. 그리고 푹신한 이불이 있는 케이지에 넣어주었다. 이불에 앉자마자 잠에 빠져들었다. 얼마 만에 그렇게 푹 잤는지 모른다. 초저녁에 잠이 들어서 다음 날 새벽에 눈을 떴다.

새벽 냄새와 함께 여러 존재들의 냄새가 났다. 버려진 존재들이 내뿜는 냄새는 새벽의 싱그러움도 다 가리지 못했다. 이곳은 경계 밖으로 밀려난 동물들을 모아둔 또 다른 울타리 안이었다.

날이 밝아오자, 내가 있는 방의 동물들이 보였다. 개도 있었고, 고양이도 있었고, 발목에 붕대를 감은 앵무새도 있었다. 이 방은 부상을 당해 치료가 필요한 동물들을 임시로 모아둔 곳이었다.

동물들은 거리를 헤매다가 이곳으로 들어와서 꽤나 안락해졌지만, 표정이 썩 밝지는 않았다. 앞으로 어떤 일이 기다리고 있을지 모르는 데다가, 너무 오래 불안에 시달렸기 때문이겠지.

나는 물 밖으로 나온 물고기가 허공을 향해 뻐끔거리듯 내 소망을 속으로 한번 말해보았다.

'집사님, 다시 함께 살고 싶어요. 그렇지만 그러지 못해도 좋아요. 제 안엔 집사님과 함께한 기억이 고스란히 있으니까요. 그래도 희망 하나만은 붙잡고 있으려고 합니다. 언젠

가 집사님이 말했듯, 그건 특별한 존재가 될 가능성을 높이
는 일이기 때문입니다.'

2부

쥐의 이름을 가진 고양이들

쥐의 이름을 가진 고양이들

　유기 동물 보호소에 온 지 삼 일째, 나는 임시로 지내던 부상 동물의 방에서 유기 고양이의 방들 중 하나로 옮겨졌다. 내가 지낼 방은 가운데 공간을 길게 비워두고 철제 뼈대 위에 나무 합판을 얹은 세 층짜리 선반이 양쪽에 늘어서 있었다. 그 세련된 거리, 유리단길이 떠올랐다.

　'이곳은 내게 허락된 유리단길이군.'

　난 피식 웃었다. 내가 유기 동물이라는 사실을 받아들이기까지 꽤 오래 걸렸다는 것 때문에.

　선반엔 케이지들이 놓여 있었다. 방의 양 끝엔 문이 있었는데 작은 테라스로 통하는 문은 통풍과 환기를 위해 자주 열어두고 모기장이 달린 덧문만 닫아놓곤 했다. 테라스 너머엔 작은 시내가 흘렀다. 고요한 밤이 되면 흐르는 물소리가 크게 들려왔다. 유기 동물 보호소 마당 쪽에서 사람들이 드나드는 문은 거의 닫혀 있었다. 사육사들이 먹이를 주거나 케이지를 청소할 때 주로 이 문을 이용했다.

자유는 없지만 바깥 생활에 비하면 안락했다. 음식도 꼬박꼬박 나오고 실내 온도도 적당했다. 내 음식에 피부병 약을 탄 것 같았다. 몸의 가려움이 약해졌고 더 이상 털이 빠지지 않았다. 털이 빠진 부분은 비 오는 날 생긴 도랑 같았다. 새로운 털이 나는 것 같진 않았지만, 더 이상 빠지지 않는 것만으로도 감사한 일이었다.

이 방으로 옮겨와서 새로운 친구를 사귀었다. 함께 케이지를 쓰는 두 마리의 고양이다. 제리는 하얀 몸에 얼굴만 거뭇한 털로 뒤덮인 샴 고양이다. 그는 나이가 많았다. 말투가 나긋나긋하고 매사에 조심스러우면서도 친절했다. 미키는 흔히 턱시도 냥이라 불리는 멋진 고양이다. 어릴 적에 뒷다리를 다쳐서 좀 절뚝이지만 늘 당당한 태도를 잃지 않았다. 둘 다 유명한 만화 속 쥐의 이름이었다.

"잠옷도, 칫솔도 죄다 미키마우스였다니까. 방이 온통 쥐로 둘러싸여 있었지. 한입 거리도 안 되는 쥐가 늘 주위에 있다고 생각해봐."

미키가 자기 이름의 유래에 대해 말하는 중이었다. 그는 좁은 케이지 안을 왔다 갔다 했다. 나와 제리는 한쪽에 앉아서 미키가 하는 말을 들었다.

"늘 흥분 상태에 있었겠지."

제리가 말을 받았다.

"맞아. 난 어리기도 했고 뭘 몰랐지. 첫 집사의 옷을 물어뜯고 싶어서 안달했어. 어느 날엔 칫솔도 물어뜯었다니까. 칫솔모가 입속으로 들어왔는데 글쎄, 세상에서 제일 좋은 냄새가 나는 거야. 그 냄새를 계속 맡고 있으면 코가 뻥 뚫렸어. 그 냄새 맡아본 적 있어?"

"아, 아니요."

내 대답을 예상했다는 듯 수다쟁이 미키는 말을 이어갔다.

"난 미키마우스가 보이면 공격적으로 달려들었어. 그때마다 이렇게 외쳤지. 덩치만 큰 이 쥐새끼 녀석, 나랑 한판 붙어보자구! 수염을 죄다 뽑아버릴 테니까, 라고 말이야."

미키는 앞발로 수염을 한 번 슥 만지곤 이야기를 이어갔다.

"사실, 미키마우스는 수염이 없어. 그냥 막 내지른 거지. 어쨌든, 내가 하도 미키마우스 인형을 공격하니까, 미키마우스 덕후였던 고등학생 작은 집사님, 그러니까 그 집의 딸이 이러더군. 엄마, 새끼 고양이가 미키마우스를 너무 좋아해요, 라고."

미키는 잠시 멈춰서 콧방귀를 뀌곤 말을 이었다.

"난 말도 안 된다며 고양이 펀치를 마구 날렸지. 작은 집사님의 바지에도 달라붙어 어필했어. 이렇게 외치면서 말이야. 내가 수염 뽑힌 쥐새끼를 좋아한다고? 그건 나에 대한 모독이야. 집사라도 안 봐줘. 내 성질 돋우지 마."

그러자, 작은 집사님이 말하더군. "얘를 '미키'라고 불러야겠어요. 미친 듯이 미키마우스를 좋아하잖아요."

"난 입을 닫았어. 더 말했다간 미키마우스가 그려진 옷을 입을 판이었거든. 그때부터 미키가 되었어. 그 한입 거리도 안 되는 쥐의 이름으로 불리게 되었단 말이야. 내 팔자가 이렇게 된 데는 이름이 한몫했을 거라고 봐. 쥐보다 못한 신세잖아."

나와 제리는 미키의 얘기를 들으며 허공에 펀치를 날리며 웃었다. 미키는 그 기억이 생생한지 흥분해서 씩씩거렸다. 그걸 보고 제리가 노련하게 화제를 딴 데로 돌렸다.

"아웃렛? 아웃렛이라고 했지? 이름이."

"네, 맞아요. 아웃렛이에요."

"네 이름에도 쥐가 있군. 'Out rat', 바깥 쥐. 신참도 우리 과구먼."

"뭐, 어떤 뜻을 붙여도 좋아요."

제리는 수시로 나를 '우리'로 묶어 표현했다. 아직 어색해하는 나의 적응을 도우려는 의도가 느껴졌다. 제리의 말투엔 늘 따뜻함과 존중이 담겨 있었다.

"정말? 너도 '쥐과科'였어? 쥐과 고양이 말이야. 하하. 이쯤에서 제리 영감보다 먼저 이론 하나를 추가해야겠군. 자고로 고양이는 말이야, 세 부류로 나뉘지. 도도한 정통 고양이, 개처럼 들이대는 개냥이, 그리고 우리처럼 이도저도 아닌 쥐냥이. 쥐냥이는 내적 모순으로 가득한 고양이야. 자유를 갈구하지만 늘 사람 곁을 맴돌지. 어릴 적부터 사람과 함께 살아서 사람의 말을 알아듣고 사람들과 소통하려고 하지. 정통 고양이처럼 자신을 사람의 상전으로 착각하지도 않고, 개냥이처럼 애완동물이 되려고 하지도 않아. 우린 현실을 직시하지. 사람으로부터 떨어지면 언제든 쥐와 같은 신세가 될 거라는 걸 알아. 늘 자신의 '다음'을 예측하고 싶어 하지만, 아주 현실적이기도 하지. 어때, 영감? 영감 흉내 좀 내봤는데."

난 '쥐냥이'라는 얘기에 웃다가 미키의 말에 빠져들어 입까지 벌리고 있었다.

"그럴듯하지만, 아직 증명되지 않았기에 이론으로 부를 순 없겠네."

제리가 말했다.

"교수의 지위를 지키고 싶다는 거군. 얼마든지. 그렇지만 영감, 영원히 지위를 지킬 순 없을걸. 나도 최근 들어 꽤 용민해졌다고."

"영민해졌다고." 제리가 틀린 말을 바로잡았다. "자네가 틀린 단어를 내뱉는 한 난 안심할 수 있네."

"에잇! 잘난 영감탱이."

제리와 미키의 농담 같은 대화를 듣는 일은 즐거웠다.

그때 방문이 열렸다. 이곳에 올 때 날 안아주었던 키 작은 남자가 들어왔다. 그는 우리 방의 관리사였다.

"자, 다들 답답했지? 이제 바깥 공기를 쐴 시간이다."

방에 있던 고양이들이 일제히 '야옹'을 외쳤다. 나간다니 기분이 좋은 고양이도 있었고 너무 오랜만이라며 투정을 부리는 고양이도 있었다.

"쳇. 닷새 만이야. 예전엔 격일로 나가기도 했는데. 그 일이 있고 나서 많은 게 바뀌었어."

미키가 부루퉁하게 말했다.

관리사는 케이지를 열어 우릴 꺼냈다. 한 팔로 미키와 제리를 안고, 다른 팔로 나를 안았다. 그는 방 밖에 서 있던 다섯 명의 자원 봉사자들에게 차례로 우리를 건넸다. 우린 자원 봉사자들에게 안겨 우리가 있던 건물에서 벗어나 동물 보호소 본관에 있는 널찍한 방으로 갔다. 자원 봉사자들은 놀이방이라 불리는 공간에서 우리의 얼굴도 닦아주고, 작은 물고기 장난감을 흔들며 놀아주었다.

사람과 노는 건 오랜만이었는데 꽤 즐거웠다. 방 여기저기서 자원 봉사자들과 고양이들은 저마다 그 시간을 즐겼다. 난 나를 맡은 여자와 발장난을 치다가 이내 지쳐버렸다. 체력이 약해진 탓인지 오래 움직이기 버거웠다. 내 기분을 알았는지, 그녀는 나를 들어 자기의 앉은 다리 위에 올려주었다.

"힘이 좀 없네? 넌 무슨 이야기를 갖고 있는 거니?"

그녀의 나지막한 음성, 차분한 태도가 모두 집사님을 연상시켰다. 그러고 보니, 그녀는 아이보리색 니트 티셔츠를 입고 있었다. 집사님과 처음 만났던 날이 떠올랐다. 니트 티셔츠를 발톱으로 붙잡고 늘어지던 나를 집사님이 꼭 안아주었던 그때.

"힘들면 좀 쉬어도 돼."

그녀는 내 몸을 가만히 쓰다듬었다.

"야아옹."

난 그녀에게 그럼 좀 누울게요, 하고 답했다. 너무 편해서 잠이 쏟아졌다. 내 몸에 닿은 그녀의 다리는 온기로 가득했고 내 털과, 털이 빠진 피부를 고루 쓰다듬어내리는 그녀의 손가락은 친절로 가득했다. 이대로 딱, 죽었으면 좋겠다 싶었다. 이렇게 좋은 사람 품에 안겨 스르르 영원히 잠드는 것도 행복이겠지.

모로 누워 옆을 보니, 제리와 미키는 그들을 안고 온 자원봉사자가 내미는 쥐 인형을 서로 잡으려고 경쟁하고 있었다. 제리가 헐떡이는 모양새를 보니 나만큼이나 힘들어 보였지만, 그 남자를 실망시키기 싫은 것 같았다. 저렇게 배려가 많은 고양이라니. 제리는 수시로 남자의 다리에 얼굴을 비비며 애교를 부렸다. 그 광경을 마지막으로, 난 눈을 감고 잠에 빠졌다.

"아까 왔던 길로 따라오세요."

키 작은 관리사가 외치는 소리에 난 눈을 번쩍 떴다.

"편히 잘 잤니?" 내가 눈을 뜨자 그녀가 물었다. 난, "야옹." 하고 대답했다.

"너 꼭 내 말 알아듣는 것처럼 운다?"

난 다시 "미야오옹." 하고 답했다.

그녀는 옆에 있던 다른 자원 봉사자에게 나를 안아 보이며 말했다.

"신기해. 얘는 내 말을 알아듣는 것 같아. 꼭 대꾸하듯이 운다니까." 그녀는 이번엔 고개를 돌려 내게 말했다. "그렇지? 백설기?"

엥, 백설기라니요?

"미아오오옹."

그랬더니, "봐봐. 진짜지? 꼭 대답하는 것 같지?" 하며 시냇물처럼 조잘거렸다.

어쩌면 좋지? 난 하루 스물네 시간 온종일 사랑을 갈구하는 고양이였다. 마음이 얼음 창고였다가 누가 이렇게 온기한 조각이라도 건네면 사랑에 빠져버린다. 예전과 달라진 것은, 이제 이런 나를 잘 안다는 거다. 그녀는 곧 떠날 것이고, 내가 그녀의 온기를 털어버리지 못하는 만큼 힘들어진다는 걸 이미 안다.

우린 모두 케이지가 있는 방으로 돌아왔다. 오자마자 제리는 한쪽에 축 늘어져 잠이 들었다.

"저 영감 체력도 안 되면서 그렇게 놀아대더니만. 착한 고양이로 끝까지 남으려는 건 정말 피곤한 일이야. 이제 나이도 먹을 만큼 먹었으면 적당히 하고 쉴 것이지."

이게 미키가 상대를 걱정하는 방식이었다. 상대가 걱정될수록 화를 내고 나무랐다.

"넌 참 편하게 자더라. 잠은 여기서도 얼마든지 잘 수 있는데, 좀 놀지 그랬어?"

미키가 이번엔 내게 말했다.

"그 여자의 다리가 정말 편안했어요. 죽고 싶을 만큼이요."

나도 모르게 마음 깊이 있던 말을 내뱉었다.

"글쎄. 네가 바라는 일은 일어나지 않을 거야. 네가 원하는 것과는 전혀 다른 방식으로 죽게 될 거야. 곧."

미키가 뜻밖의 말을 했다.

"곧?"

"안락사라고 하지. 뭐가 안락한진 모르겠지만."

"동물을 죽인다는 뜻인가요?"

"맞아. 석 달 전부터 시작됐어. 그 일이 있고부터 말이야."

"그 일이라니요?"

그 일은 누군가의 선의로 일어난 일이었다. 동물에 애정을 갖고 있는 관리사들, 쾌적하게 관리되는 환경, 유기 동물이 집처럼 편히 살 수 있는 곳. 그것이 이곳의 자랑이었다. 동물에 깊은 애정을 가진 자원 봉사자 중 하나가 이곳에 대한 얘기를 영상으로 만들어 자세히 소개했다. 다른 열악한 동물 보호소들에 좋은 영향을 끼칠 거라 생각했겠지. 하지만 그건 착각이었다.

유기 동물들이 안락사를 당하지 않고 쾌적하게 산다는 사실이 사람들에게 알려지자, 전국 각지에서 죄책감 없이 동물을 버리려는 사람들이 몰려들었다. 그들은 이런 말로 스스로를 속였다.

"좋은 곳이랬어. 우리 집보다 더 나을 거야. 널 위한 결정이야."

한 달에 동물 보호소 근처에 유기되는 동물의 수는 이전보다 다섯 배쯤 늘어났다. 동물들이 기하급수적으로 늘자, 이곳이 자랑하던 쾌적한 환경이 파괴되고 더럽혀졌다. 두어 마리씩 지내던 케이지엔 대여섯 마리의 동물들이 합사하게 되었고, 관리사들이 동물들을 자주 운동시키는 건 엄두도 낼 수 없는 일이 되었다. 일손이 달려서 곳곳에서 치우지 못한 오물의 냄새가 나기 시작했고, 위생이 나빠지니까 병이 돌아 멀쩡하던 동물들이 죽어 나갔다.

소장과 관리사들은 이를 악물며 특단의 조치를 내려야했다. 동물 보호소를 유지하기 위해서라도 동물의 수를 줄여야 했다. 그렇게 결정이 난 석 달 전부터 안락사가 시작되었다. 모든 일이 선의에서 시작되었고, 사람들은 선의에 자신의 이기심을 얹었다. 그 결과 이곳 동물들은 모두 사형수가 되었다.

어느새 잠에서 깬 제리가 말했다.

"안락사가 시작되고서 사는 게 그나마 좀 나아졌어. 아이러니한 일이지. 죽음의 공포를 얻는 대신 생활은 좀 더 나아진 거지. 무력한 존재들이 선택할 수 있는 방법은, 이런 것밖에 없어. 장작처럼 우리 생명의 일부를 태우면서 최소한의 온기를 유지하는 것 말이야."

"그러니까 살아 있는 동안 최대한 즐겁자고."

미키가 말했다.

실상을 알게 된 건, 이곳에 오고서 일주일이 다 되어가는 시점이었다. 내게 남은 시간이 많지 않았다. 이곳에서 오래 지낸 동물부터 희미하게 타던 생명이 꺼지겠지만, 언젠가 그 시간은 내게 오고야 말 것이다. 이곳은 내 마지막 거처가될 것이었다. 그래도 좋은 친구들이 있어서 다행이었다. 나보다 먼저 들어온 그들을 다 떠나보낸 후에야 내가 죽게 된다는 사실만 빼곤. 그 두려움을 넌지시 내비쳤더니 제리가 말했다.

"네가 있던 자리에 쿠조라는 잡종 고양이가 있었어. 말수가 많은 편은 아니었지만 좋은 친구였지. 네가 들어오기 전날이 그의 순서였어. 미키와 난 슬펐지만 네가 들어와서 그자리를 채웠고 우린 그걸 받아들였어. 그런 거야. 어떻게든 채워져. 채워지지 않더라도 어떻게든 살아지지."

박하맨

삶이 언제든 끝날 수 있다는 생각은, 놀랍게도 나의 무딘 감각을 일깨웠다. 별것 없어 보였던 내 삶이 사금처럼 빛나 보이기 시작했다. 난 새로 사귄 친구들의 말 한마디, 행동 하나하나에 집중하며 의미를 부여했다. 서로가 서로에게 마지막 목격자이자, 기록자가 될 것이었다. 같은 처지의 동물들이 언제 끝날지 모르는 자신의 삶을 서로에게 이야기하는 건 당연한 일이었다. 우린 자신의 존재를 최대한 많은 곳에 남겨놓고 떠나길 바라니까.

저녁을 먹고 나서 우리는 밖에서 들려오는 소리를 듣고 있었다. 밤이 깊을수록 물소리보다 풀벌레 소리가 더 크게 들리는데, 막 그렇게 된 참이었다.

제리가 케이지의 제일 안쪽에 있었고, 나는 그보다 앞쪽에, 그리고 미키가 문 옆 자리였다. 문보다 더 안쪽 자리를 내가 얻게 된 건, 그들의 배려였다. 제리와 미키는 나를 그들 사이에 두어 소속감을 주고 싶어 하는 것 같았다. 덕분에 난 이곳에 온 뒤로 한 번도 소외감 비슷한 느낌을 받아본 적이 없었다. 나와 그들은 바로 가족이라고 불러도 무방할 사이가 되었다.

제리가 예전 이야기를 시작한 건, 미키의 제안 때문이었다.

"영감, 무료한 시간이야. 이럴 때 영감의 이야기만큼 재미있는 건 없지. 아웃렛에게 영감의 드라마를 들려주라고."

"글쎄. 이 젊은이가 내 얘기를 좋아할지 모르겠군."

제리의 말에 난 바로 대꾸했다.

"벌써 영감님의 이야기가 좋은걸요!"

그렇게 제리는 이야기를 시작했다. 이야기에 어찌나 몰입했던지, 풀벌레 소리와 물소리는 어느 순간부터 들리지 않았다.

제리의 삶은 우리보다 훨씬 길었던 만큼, 우여곡절이 많았다. 제리의 첫 집사님은 유명한 대학의 철학 교수였다. 그는 쉰여섯 살이 될 때까지 독신으로 지냈다. 고양이만이 그의 유일한 벗이었다. 그가 제리를 만나기 전에 키운 고양이만 해도 세 마리나 되었다. 고양이는 대부분 평안히 늙어 죽었다. 교수는 마흔다섯에 키우던 고양이가 죽은 후, 몇 년 동안 고양이를 키우지 않았다. 그러다가 지인으로부터 우연히 새끼였던 제리를 입양하게 되었다.

제리를 집에 데려온 날, 교수는 제리를 무릎에 앉히고는 이름을 지어주었다.

"난 네가 지혜로운 고양이가 되길 바란단다. 물론 나와 함께 있다 보면, 지혜로워지지 않을 수 없겠지만 말이야. 이름은 참 중요해. '이반'이라고 불리면서 똑똑하기란 쉽지 않거든."

교수는 이마를 손가락으로 톡톡 치며 잠시 고민을 하더니 말했다.

"그래, 제리가 좋겠다. 내가 아는 가장 똑똑한 동물이야. 생쥐 제리 말이야. 이봐, 난 널 톰으로 불러서 네가 늘 당하게 만들지 않을 거야. 제리처럼 너보다 크고 우월해 보이는 동물에게도 이기는 동물이 되려무나."

교수는 학교 일이 끝나면 집에 바로 들어왔다. 친한 친구도 별로 없었고 사적인 모임도 만들지 않았다. 집에서 그의 일과는 책을 읽고 글을 쓰고, 제리와 대화하거나 산책을 나서는 게 전부였다. 그는 제리에게 간식을 주며 질문을 던지곤 했다.

"제리, 너를 너답게 만드는 게 뭘까. 너한테 뭐가 있기에 유일한 고양이 제리가 되는 걸까."

제리는 간식을 열심히 먹는 척했지만 실은 답을 찾아 머릿속을 헤집고 있었다. 교수는 그런 질문을 던지고는 한참을 기다려주었다. 마치 제리가 무슨 대답이라도 할 것처럼. 제리는 간식을 다 먹고는, 자신이 생각한 답을 말하곤 했다.

"기야오옹." 제리가 답을 말하면 교수는 간식 봉지에 손을 넣으며 말했다.

"아니. 먹는 것만 중요한 게 아니야. 생각을 할 줄 알아야지."

교수는 제리가 늘 간식을 원하는 거라 단정 짓고 간식 하나를 더 던져주었다. 그러고는 자기 생각을 이야기했다. 제리는 답을 들으면서 열심히 간식을 먹었다. 제리는 간식 말고 다른 이유로 배가 불렀다.

"기억이야. 너를 너로 만드는 거. 기억이 사라지면 자신을 잃는 거야. 껍데기만 남는 거지."

제리는 고개를 끄덕이며 그 말을 마음에 새겼다. '기억을

잃는 건, 나를 잃는 것.'

"알겠니? 제리야, 어떤 경우에도 너를 잃어선 안 돼. 그러려면 네가 너다웠던 순간을 늘 기억해야 해."

교수는 그렇게 혼잣말처럼 제리에게 말을 하다가 깜빡 잠이 들곤 했다. 교수와 제리는 아침에 소파에서 일어나는 일이 많았다. 제리는 늘 교수의 곁을 지켰다.

"이제 너 가서 혼자 놀지 않을래? 난 논문을 좀 봐줘야 하거든."

교수가 심지어 이렇게 말할 때도 제리는 교수 옆을 떠나지 않았다. 그러면 교수는 빙그레 웃음 지으며 말했다.

"네 이름을 스누피나 래시 같은 개 이름으로 지었다면, 난 아마 이름 때문에 네가 이렇게 행동하는 거라 믿었을 거야."

교수는 거의 매일 제리와 함께 동네 산책을 나갔다. 교수는 고양이 이동용 백팩에 제리를 태웠다. 교수가 걷는 동안, 제리는 고개를 내밀고 동네 구경을 했다.

집에서 10분 정도 걸어 나가면 거리가 나오고 큰길 입구엔 편의점이 있었다. 편의점을 돌아 나가면 큰 도로였다. 여기서부터 제리는 풍경 하나라도 더 눈에 담으려고 애썼다. 모양도, 색깔도 다른 간판들이 휙휙 지나갔다. 고양이가 캣타워를 오르내리듯이 사람들이 상점들을 들락거리는 모습도 흥미로웠다.

산책은 공원까지 이어졌다. 작은 호수 주변에 나무와 산책로가 있었다. 그곳엔 동물과 함께 산책 나온 사람들이 많았다. 동물은 주로 개였다. 고양이를 둘러매고 나온 교수를 사람들은 신기하게 쳐다보곤 했다. 제리는 얌전히 앉아서 교수와 걷는 모든 순간을 즐겼다.

따뜻한 바람이 불기 시작한 5월의 어느 날, 제리는 교수와 함께 공원을 산책하고 있었다. 어느새 풍성해진 초록 잎사귀들은 날이 저문 저녁에 짙은 내음을 풍기며 수다를 떨었다. 제리는 코로 싱그러운 내음을 들이마시며 나무들의 대화를 엿들었다.

"제리, 네가 아니었으면 산책을 할 생각도 못 했을 거야. 삶이 더 따분하고 지루했겠지."

마침 산책로에 사람이 없을 때 교수가 제리에게 속삭였다. 제리는, "이야옹." 하고 화답했다.

제리는 그때 캄캄한 풀숲에서 뭔가를 보았다. 어둠 속에서 구슬 한 쌍이 반짝이고 있었다. 그 구슬은 교수의 속도에 맞춰 움직이고 있었다. 제리는 그것이 고양이의 눈이며, 그 두 눈이 교수와 자신을 향하고 있다는 걸 깨달았다.

풀숲 사이로 그 눈의 주인공이 언뜻 언뜻 비쳤다. 몸이 검은색인 고양이였다. 제리는 빛나는 두 눈을 향해 소리를 질렀다.

"우릴 쫓는 이유가 뭐야?"

그러자, 풀숲 너머에서 응답이 왔다.

"넌, 네 집사와 대화할 수 있어? 네 말을 전할 수 있어?"

"그건 왜? 어느 정도는. 정확하게는 아니지만." 제리는 검은 고양이의 떨리는 목소리를 듣고 대번에 그에게 도움이 필요하다는 걸 느꼈다. "사람이 도와야 할 문제가 있니?"

"사람이 알아야 할 문제가 있어."

그때 교수가 멈춰서 벤치에 앉았다.

"제리야, 갑갑한가 보구나."

교수는 제리의 우는 소리가 자꾸 들리자, 답답해서 그런 거라고 생각하고는 잠시 멈춰 섰다. 교수는 앉아서 백팩을 앞으로 돌리고는, 제리를 꺼내서 안았다. 제리는 고양이와 대화를 이어갔다. 검은 고양이도 멈춰서 벤치 뒤쪽 풀숲에 엎드려 있었다.

"너는 이곳에 사는 길고양이구나."

"맞아."

"무슨 문제니?"

"우리는 죽어가고 있어. 이 주변의 길고양이들이. 그가 나타난 후로, 우리 중 여덟 마리가 죽었어. 건강하던 녀석들이."

"그라니? 사람이 그런다는 거야?"

"후드티를 입었어. 그의 손에서 박하 향이 난다고 해. 겨우 도망쳐서 살아남은 고양이가 그랬어. 우린 그를 박하맨이라고 불러."

"그래서 어떻게 대처하고 있어?"

"우린 지푸라기라도 잡는 심정으로 박하맨에 대해서 알리고 있어. 어떤 고양이는 집사와 이야기를 주고받는다잖아. 이렇게 알리다 보면, 그런 고양이와 집사를 만날지도 모르니까."

교수는 부드러운 바람을 느끼다가 제리를 몇 번 쓰다듬고는 다시 백팩에 태우곤 일어섰다.

어둠 속의 두 눈은 더 이상 움직이지 않았다. 제리는 검은 고양이에게 인사를 건넸다.

"내가 할 수 있는 일이 있나 찾아볼게. 조심해, 친구."

"이야기 들어줘서 고마워. 이런 얘기에 아무 관심 없는 고양이도 있거든. 집사가 없다면 다 같은 처지가 되는 줄도 모르고 말이야."

검은 고양이는 교수와 제리가 가는 반대 방향으로 움직였다.

그날부터 검은 고양이의 말이 제리의 머릿속에서 떠나지 않았다. 동네에서 그런 무서운 일이 벌어지고 있는데 세상은 조용했다. 교수가 켜둔 TV의 뉴스에서도 비슷한 이야기는 조금도 들리지 않았다. 그럼에도 제리가 할 수 있는 일은 없었다. 한 달 정도가 지나자, 그 일은 제리의 기억 속에서도 희미해졌다. 그러다 검은 고양이의 말이 번개처럼 번쩍, 하고 떠오른 일이 생겼다.

교수와 거리를 걷고 있을 때였다. 중화요리 가게와 육포를 파는 가게 사이로 난 작은 골목길 앞을 지나는데, 골목 안으로 들어가는 한 남자의 뒷모습이 보였다. 남자는 자주색 후드 티셔츠와 청바지를 입고 있었고, 손에는 검은색 줄 뭉치를 들고 있었다. 제리는 검은 고양이의 말이 떠올랐다. 그 순간, 제리의 머릿속엔 단 하나의 생각만이 가득 찼다.

'박하맨이 맞는지 확인해야 해.'

제리는 고개를 내밀고 있던 백팩 입구에 앞발을 내딛고 점프했다. 백팩 입구에 엉덩이가 살짝 걸리면서 땅에 비스듬하게 떨어졌다. 교수가 돌아봤을 때 제리는 이미 골목으로 달려 들어가서 보이지 않았다.

제리는 남자를 쫓아가면서 그의 앞에 털이 지저분하고 몸이 부은 치즈냥 한 마리가 느릿느릿 걷고 있는 걸 보았다. 남자에게 가까워지자, 손에 들고 있는 게 또렷이 보였다. 처음에 줄처럼 보였던 그것은 작은 그물이었다.

제리는 그가 박하맨이란 걸 확신했다. 박하맨은 조금씩 속도를 높이더니, 오른손에 든 그물을 양손으로 잡았다. 던질 준비를 하는 것 같았다. 제리는 전력질주를 하여 박하맨을 지나쳐서는 치즈냥을 향했다. 제리는 소리를 질렀다.

"이봐, 도망가! 박하맨이야!"

치즈냥이 놀란 눈으로 뒤를 돌아보곤 달리기 시작했다. 하늘에서 검은 그물이 날아들고 있었다. 제리는 순간적으로 방향을 바꿔 옆으로 달렸다. 그물은 치즈냥과 제리 사이에 떨어졌다.

"에이씨! 이거 뭐야." 박하맨이 외쳤다. 그는 방향을 바꾸어 달아나는 제리를 향해 뛰었다. "망할 고양이 새끼!"

치즈냥은 골목 안쪽으로 깊이 들어가 사라졌고 제리는 옆으로, 다시 뒤로 방향을 바꿔 달렸다. 박하맨 옆을 지나칠 때, 박하맨은 던졌던 그물을 다시 모아서는 휙 던졌다. 박하맨은 순발력이 대단했다. 이번에도 간발의 차로 그물은 땅바닥에 떨어졌다.

제리는 골목 밖으로 나와서 교수를 찾았다. 교수는 50미터 정도 떨어진 곳에서 제리를 찾고 있었다. 제리가 교수의 발밑에 나타나자 교수는 제리를 들어 올렸다.

"이 녀석아, 어디로 갔던 거야! 갑자기 그렇게 가버리면 어떡하니. 아이고, 놀래라. 오늘 산책은 다음으로 미루자꾸나."

교수는 제리를 꼭 안고 뒤돌아 다시 집으로 향했다. 교수가 제리를 올려 어깨에 걸쳐 들었을 때, 제리는 보았다. 박하맨이 멀찍이서 그들을 따라오는 것을. 제리는 그를 뚫어져라 쳐다보았다. 그 역시 제리를 노려보고 있었다. 교수와 제리는 어느덧 집에 도착해서 대문으로 들어섰다. 박하맨은 어느새 사라져 보이지 않았다.

제리가 박하맨과 다시 만난 건, 그로부터 한 달 정도가 지난 시점이었다. 토요일 아침, 교수는 제리를 데리고 산책을 갔다가 돌아오는 길에 동네 입구의 편의점에 들렀다. 교수는 화장실이 급해서 생수를 사며 편의점 화장실을 이용할 생각이었다.

교수가 생수를 들고 계산대 앞에 서서 말했다.

"저, 실례지만, 화장실을 좀 이용할 수 있을까요?"

"물론이죠. 건물 오른쪽 골목 뒤쪽으로 돌아가시면 돼요. 짐은 여기 두시면 맡아둘게요."

그 편의점의 유니폼인 주황색 모자에 초록색 조끼를 입은 청년은 생수를 받으며 친절하게 대답했다. 교수는 제리가 타고 있는 고양이 백팩을 벗어 청년에게 건넸다.

"얌전한 녀석입니다. 잠시만 부탁합니다."

제리는 교수를 향해 야오옹, 하며 잘 다녀오시라고 인사했다. 청년은 백팩을 건네받고는 계산대 위에 올려놓았다. 교수는 편의점 문을 열고 나갔다.

"귀여운 고양이구나."

청년은 교수의 뒷모습을 바라보고 있던 제리의 등을 손으로 쓰다듬고는 두 손으로 제리를 들어 올렸다. 제리의 몸이 백팩에서 쑥 빠졌다. 그때 제리는 싸한 냄새를 맡았다. 그건, 박하 향이었다. 제리가 고개를 돌려 청년을 바라보았을 때, 청년의 눈은 모자에 가려서 보이지 않았다. 그러나 모자 아래에서 웃고 있는 입을 볼 수 있었다.

제리는 털을 곤두세웠다. 자신을 붙든 손가락 끝에서 스멀스멀 올라오는 박하 향에 소름이 돋았다. 청년은 제리의 몸을 자신의 얼굴 쪽으로 돌린 다음, 고개를 살짝 들어 모자 아래 숨겨져 있던 눈을 제리와 맞췄다.

"우리 본 적 있지? 안 그래?"

제리는 이빨을 드러내며 발톱을 휘둘렀다. 박하맨은 제리의 앞발을 피하며 손에 힘을 주었다. 박하맨의 손에 눌린 제리는 숨을 쉬기 어려웠다.

"확, 손에 힘을 줘버릴까. 그럼 네 몸의 뼈는 다 으스러질 텐데." 그는 손에 점점 힘을 줘서 제리의 가슴뼈를 압박했다. 제리는 고통에 몸부림쳤다. 박하맨은 손에 힘을 뺐다. "넌, 뭘 아는구나? 내가 누군지 말이야. 확실히 보통의 고양이와는 달라. 그때도 느꼈거든. 네가 나를 바라보는 그 눈빛 말이야. 나를 증오하는 것 같았거든."

제리는 박하맨의 눈을 뚫어져라 바라보았다. 제리는 말했다.

―넌 아무것도 아냐. 그저 약한 동물을 죽이는 약한 인간일 뿐이지.

제리의 말은 낮은 가르릉 소리로 나왔다.

박하맨은 한 손으로 제리의 목덜미를 잡고, 다른 한 손을 바지 주머니에 넣었다 뺐다. 주머니에서 나온 손엔 박하사탕 하나가 들려 있었다. 그는 그걸 껍질째 입안에 넣고는 사탕 포장을 입 밖으로 쑥 당겼다.

"내가 널 좀 가르쳐야겠구나. 고양이 따위가 사람을 그런 눈으로 쳐다보면 어떻게 되는지 똑똑히 알려주겠어. 재미있겠어. 너 말이야. 정말 재미있겠어."

제리는 그렇게 말하며 미소를 짓는 박하맨을 보며 다시 한번 소름이 돋았다.

그때, 교수가 돌아왔다. 박하맨은 제리를 다시 백팩에 싣고는 교수에게 물었다.

"정말 사랑스러운 고양이네요. 고양이 이름이 뭐지요?"

"제리라오. 〈톰과 제리〉 중에서 영리한 쥐 알지요?"

"고양이가 쥐 이름이라니, 정말 특별하네요." 박하맨은 백팩을 교수에게 건넸다. "제리, 또 보자."

제리는 다시 한번 이빨을 드러냈다. 문을 열고 나가던 교수는 그 모습을 보지 못했다. 밖으로 나갈 때까지 제리는 박하맨을 쳐다보고 있었다. 박하맨의 가느다란 눈도 주황색 모자 챙 아래에서 날카롭게 빛났다.

제리, 제리, 고고

제리의 말이 끊겼다. 방의 불이 꺼졌기 때문이었다. 난 몸을 일으켜 세웠다.

"그래서요? 그 뒤로 박하맨을 다시 만났어요?"

"우린, 만날 수밖에 없는 운명이었지. 서로를 알아봤으니까. 난 그의 악의를 보았고 그는 아무도 모르던 악의를 내게 들켰다는 걸 알았지."

미키는 초저녁부터 졸더니, 소등되기 전에 잠들었다.

"얘기 더 해주세요. 그 뒤로 어떻게 됐는지."

"밤이 늦었는데 괜찮겠니? 졸리지 않아?"

"전혀요. 얘길 듣기 전엔 잠이 올 것 같지 않아요."

그 말은 사실이었다. 부드러운 천에 배를 대고 엎드렸는데도 정신이 말똥말똥했다.

"좋아. 여기서 시간을 가치 있게 쓰는 방법 중 하나가 대화지. 오늘은 밤을 좀 밝혀도 괜찮을 것 같구나."

제리는 계속 이야기를 이어갔다.

제리는 편의점에서 박하맨을 만난 뒤로, 한동안 그를 볼 수 없었다. 근무 시간대가 바뀐 것인지, 그만둔 것인지 몰라도 편의점에도 그는 없었다.

계절은 한여름에 들어서고 있었다. 햇살이 타는 냄새가 더 진해졌고, 푸른 잎을 펼친 나무들은 더 수다스럽게 향기를 퍼뜨렸다. 교수는 방학을 했고 계절학기 강의를 일찍 마치고 와서 오후 시간은 집의 서재에서 시간을 보냈다. 교수와 제리는 거의 매일 저녁 공원 산책을 나갔다. 8월 첫째 주가 되자, 많은 사람들은 휴가를 떠났고 해질녘에 공원을 걷던 사람들도 많이 줄었다.

"이만한 휴가가 없단다."

교수는 아직 대기가 달궈지지 않은 오전에 마당이 보이는 거실 유리문을 열었다. 얼음물을 받은 세숫대야를 마당에 내려놓고서 발을 담그고 책을 읽곤 했다. 제리는 교수가 깔아준 쿨 매트 위에 누워 여름의 여유를 만끽했다. 오후의 더위가 한풀 꺾이고 해질녘이 되자 교수가 방에서 백팩을 들고 나왔다.

"제리, 산책 가자."

제리는 신이 나서 교수의 발목에 대고 자신의 목을 비볐다.

공원은 냄비에서 꺼낸 삶은 달걀처럼, 한낮의 열기가 조금씩 식어가는 중이었다. 제리는 초록 나무들의 수런거림에 귀를 기울였다. 그때, 전나무를 돌아 나오는 검은 고양이를 보았다. 검은 고양이도 제리를 발견하고는 외쳤다.

"그 이후로, 한 마리의 고양이도 죽지 않았어. 박하맨이 떠났다는 소문도 있어."

"정말? 다행이네. 나도 박하맨을 만났었어."

"들어서 알고 있어. 살찌니를 구해줬다면서. 그 녀석이 무용담처럼 어찌나 떠들고 다니는지, 이 주변에 모르는 고양이가 없어. 박하맨이 사라진 거, 네 덕분인 것 같아. 고마워."

"난 별로 한 게 없는걸. 아무튼 다행이다."

제리는 요즘 박하맨이 움직이지 않는다는 얘기를 듣고 안심하면서도 한편으론 기분이 개운하지 않았다. 제리는 편의점에서 만났던 박하맨에게 엄청난 살기를 느꼈다. 이 대로 계속 잠잠하지는 않을 거라고 생각은 했지만, 그 저녁에 그 일이 벌어질 거라곤 예상하지 못했다.

교수와 제리는 공원 입구에서 가장 먼 쪽의 호숫가를 걷고 있었다. 호수 공원 둘레길의 중간 지점이었다. 산책로 옆엔 풀숲이 우거져 있었다. 여름의 지원을 받은 풀들은 그 가지와 잎사귀를 마음껏 사방으로 뻗치고 있었다. 풀숲 안에 고양이 말고 다른 존재가 웅크리고 있을 거라고 상상하는 건 쉽지 않았다.

제리는 교수가 막 지나간 길 옆의 풀숲이 조금 흔들리는 걸 보았다. 그러다가 제리의 앞, 그러니까 교수의 뒤쪽에서 그가 불쑥 나타났다. 제리는 벽돌을 든 그의 손이 하늘로 들렸을 때, 눈을 질끈 감았다. 퍽, 하는 소리와 함께 제리의 몸이 순식간에 아래로 떨어져내렸다. 교수가 쓰러지면서 제리도 길에 나뒹굴었다.

벽돌은 쓰러진 교수 옆에 떨어져 있었다. 제리는 백팩 밖으로 나와서 교수 곁으로 다가갔다. 교수가 머리에 피를 흘리며 엎드려 신음하고 있었다. 교수가 제리를 보며 말했다.

"제리⋯⋯ 가⋯⋯ 제리, 고, 고⋯⋯."

박하맨은 어느새 제리 뒤에 다가와 손을 뻗고 있었다. 제리는 급히 방향을 틀어 풀숲으로 달아났다. 제리 쪽으로 향하던 박하맨은 교수가 한 손으로 바짓가랑이를 붙잡자, 다시 벽돌을 집어 들었다. 그는 한 손으로 교수의 멱살을 붙잡아 끌어 올리고는 벽돌을 쳐들었다. 풀숲에서 이를 지켜보던 제리가 뛰쳐나가 박하맨의 뒷목으로 튀어 올라 목덜미를 물었다.

"이 고양이 새끼가!"

교수는 힘겹게 한 손으로 박하맨의 티셔츠를 움켜잡았다. 그때 후드 티셔츠 주머니에서 박하사탕 하나가 길 가장자리로 떨어졌다.

가까운 곳에서 두런두런 대화를 나누며 걸어오는 아주머니들의 소리에 박하맨은 황급히 벽돌을 던지고 제리를 잡기 위해 손을 뻗었지만, 제리는 다시 풀숲으로 뛰어들었다. 박하맨이 제리를 따라 풀숲으로 뛰어들어 왔다. 제리는 수풀 안쪽으로 달렸다. 박하맨은 달리기가 빨랐다. 그러나 사람이 길 없는 풀숲을 헤치며 달리는 데에는 한계가 있었다. 제리는 박하맨을 따돌리고 나무 위로 올라갔다. 제리를 놓친 박하맨은 제리 쪽으로 걸어오며 말했다.

"너, 내 말을 알아듣지? 지금도 내 말을 듣고 있을 거야."
박하맨은 주변의 나무를 훑어보았다. "넌 특별한 고양이야.

유일하게 내 진짜 모습을 아는 고양이. 널 잡기 위해 꽤 공을 들였어. 여러 날 동안 그 늙은이와 네 뒤를 밟았지. 이제 너와 네 주인이 나오는 시간, 다니는 길은 눈 감고도 알 지경이야. 너는 나를 벗어날 수 없어. 언제가 됐든, 네가 어디 있든, 난 너를 잡을 거야. 네 곁에 누가 있든 무사하지 못할 거야."

제리는 나무 위에 앉아서 박하맨의 말을 듣고 있었다. 박하맨은 조용히 말했지만 그의 한마디 한마디가 제리의 귀에 화살처럼 날아와 박혔다. 제리의 몸이 떨렸다. 이제 이전으로 돌아갈 수 없을 것이다. 교수에게도 돌아갈 수 없다는 걸 깨달았을 때, 두려움과 슬픔이 제리를 적셨다. 제리는 물 먹은 휴지처럼 금세 흩어져버릴 것 같았다.

마른 나뭇잎을 밟는 소리가 점점 가까워졌다.

"그런 눈빛으로 사람을 보면 혼이 나야지. 나를 경멸하던 놈들만 그런 줄 알았는데, 그런 눈빛을 가진 고양이라니. 네게 고통을 줄 생각에 정말 흥분된다. 다른 고양이들이 시시해질 무렵에, 네가 나타난 거야. 다시 처음의 흥분이 되살아났지."

풀숲 바깥에서 사람들의 소리가 들려왔다. 신고를 받은 구급차가 도착한 모양이었다.

박하맨은 제리가 있던 나무를 지나쳐서 도망쳤다. 박하
맨이 떠난 뒤에도 제리는 다리가 후들거려 나무에서 내려
오는 데 애를 먹었다. 다시 공원 산책길 가로 갔을 때, 교수
는 들것에 실려 가고 있었다. 제리는 풀숲에 숨어 교수를 향
해 인사를 건넸다.

"집사님, 안녕히 계세요. 건강하세요. 우리의 평온한 날
들도 이젠 안녕."

풀숲에서 잠든 제리는 길가에서 나는 수런거림에 잠을
깼다.

"이곳은 CCTV 사각지대야. 이 공원에서 유일하다고 할
수 있지. 그걸 보면 계획적으로 범행을 저질렀을 가능성이
큰데, 뭘 노린 걸까. 산책 나온 피해자가 돈을 많이 들고 나
올 리도 없고. 원한이라고 하기엔, 그 교수의 삶이 건조할
정도로 너무 단조롭단 말이야."

제리는 마음속으로 형사의 말에 대답하고 있었다.

'제 탓이에요. 애초에 상관하는 게 아니었어요. 제가 집사
님을 위험에 빠뜨린 거예요. 제가 우리 삶을 망가뜨린 거예
요.'

얇은 점퍼를 입은 형사의 머리는 희끗했다. 그는 수첩을

들고 주변을 살피며 혼잣말하듯 이런저런 얘기를 하고 있었다. 그 옆에는 사건 현장 주변 통제를 위해 나온 제복 차림의 젊은 경관이 서 있었다. 제리는 범인을 아는 자신이 뭐라도 해야 한다고 생각했다. 제리가 풀숲에서 걸어 나오자, 형사가 말했다.

"고양이네? 피해자한테 고양이가 있다고 하지 않았어? 고양이 백팩이 비어 있었잖아."

"네, 허 형사님. 저도 그렇게 들었던 것 같아요. 피해자가 이송될 때 고양이를 찾았냐고 물었어요."

"이 녀석인가 보네."

제리는 형사에게 다가가 앞발로 형사의 발을 한 번 툭 건들고는 뒤를 돌아 걸었다.

"이 녀석, 꼭 따라오라는 것처럼 보이네요."

"설마."

제리는 길가에 난 작은 잡초를 얼굴로 헤집었다. 그걸 보고 경관이 말했다.

"허 형사님, 여기 좀 보세요. 뭐가 있어요. 이건, 박하……사탕이에요. 이거 범인의 것일까요?"

경관은 제리가 가리킨 박하사탕을 발견하고 말했다. 허형사가 제리를 두 손으로 들었다. 제리의 얼굴을 자기 얼굴

쪽으로 향하게 하고는 이리저리 살폈다.

"설마, 네가 이 사탕을 우리에게 알려준 거니? 범인을 가르쳐주려고?"

제리는 그렇다는 뜻으로, '묘하옹'이라고 소리를 냈다.

"이 녀석, 꼭 물음에 대답하는 것 같네요."

형사가 다시 한번 더 말했다.

"나비야, 혹시 이 사탕의 주인이 범인이니?"

제리는 다시 한번 같은 소리를 냈다.

허성만 형사는 장갑을 끼고 사탕을 작은 지퍼백에 넣었다.

"이 경관, 어떻게 생각해? 이 고양이, 우리한테 뭔가 알려주려고 하는 것 같지 않아?"

"네. 저도 그런 느낌이 있지만, 설마 하는 생각도 드네요."

"수사엔 아주 사소한 단서도 도움이 되는 법이니까. 이 녀석을 당분간 데리고 있어야겠어. 피해자에겐 고양이를 보호하고 있다고 알려줘. 수사를 위해 당분간 맡아두겠다고 말이야."

그 길로 제리는 허성만 형사가 사는 아파트로 갔다. 그 집엔 형사의 아내와 두 자녀가 있었다. 열세 살짜리 아들과 아홉 살짜리 딸은 고양이를 보자마자, 서로 안겠다고 달려들었다.

"이 녀석, 고단할 거야. 큰일을 겪었거든. 좀 쉬게 두는 게 좋을 거야."

그렇게 제리는 형사의 집에서 지내게 되었다. 형사의 집은 늘 시끌벅적했다. 교수의 집과는 완전 딴판이었다.

제리는 형사와 아이들이 아침에 집을 나서면 형사의 아내가 운영하는 작은 공방에서 오전 시간을 보냈다. 형사의 아내는 제리가 갖고 놀 만한 작은 인형을 만들어주었다. 제리는 적당히 인형을 갖고 놀다가, 문틈으로 비쳐드는 햇살에 꼬리를 담그고 집사님을 생각하곤 했다. 그리움으로 가슴이 터질 지경이 되면 작은 인형을 할퀴고 물어뜯으며 마음을 진정시켰다.

일주일도 안 되어 제리는 공방에 오는 손님들의 귀여움을 독차지했다. 오후엔 아이들이 하교하면서 공방에 들러 제리를 집으로 데리고 가서 함께 놀았다. 예전엔 하루 대부분의 시간을 고독하게 보냈던 제리는 쉴 새 없이 사람을 상대해야 하는 생활이 어색했지만, 이내 적응하기 시작했다.

그렇게 3주 정도 지난 어느 날 아침, 형사가 제리에게 말했다.

"오늘 중요한 일이 있어. 교수님과 관련된 일이야. 나와 함께 가서 확인해줘야 할 게 있어."

몇 시간 후에 제리는 형사의 팔에 안겨 경찰서의 어느 방에 들어와 있었다. 그 방에서는 옆방이 유리창을 통해 보였다. 반대로 거기선 제리가 있는 방을 들여다볼 수 없었다. 잠시 후 남자들이 차례로 옆방으로 들어왔다. 그가 방에 들어서자마자 제리는 온몸의 털이 곤두서는 걸 느꼈다. 귀를 뒤로 한껏 젖히고 이를 드러내며 가르릉거렸다. 형사가 제리의 머리를 쓰다듬으며 속삭였다.

"그래, 그래. 알아. 나도 저놈이라고 생각해. 꼭 잡아 처넣고 말겠어."

그때 형사의 옆에 서 있던 반장이 말했다.

"입질이 좀 오는가? 내 별일을 다 해봤지만 고양이로 범인을 찾는 짓거리는 처음 해보네."

"반장님, 확실합니다. 저놈입니다. 확실히 얘가 다른 반응을 보였어요."

"그래. 으르릉거리긴 했지만, 이게 증거능력이 있어야지."

"증거를 꼭 찾고 말 겁니다."

제리는 밤마다 형사가 오는 소리를 듣고 거실로 나갔다. 범인을 잡는 일이 얼마나 진척이 있는지 알아보기 위해서였다. 형사는 제리를 보고 그저 쓰다듬을 뿐, 별다른 얘길 하지 않았다. 어느 날 형사는 술에 취해 들어와서는 제리를 안고 거실에 누웠다.

"아, 자꾸 엉뚱한 데를 파니 범인이 나올 리가 있나. 아무리 네 얘길 해도 믿어주지 않아. 넌 알고 있지? 그놈이 범인이라는 거 말이야."

형사는 그렇게 말하고 한숨을 푹 쉬더니 제리를 안고 이내 잠들어버렸다. 다음 날, 형사는 그의 아내에게 말했다.

"교수님이 이제 곧 퇴원하셔. 이제 제리를 데려다줘야겠어."

"짧은 시간이지만 정이 들었는데 서운하네요."

형사의 아내는 제리를 쓰다듬으며 말했다.

"정말 분하지만, 이 사건은 미결 처리될 것 같아. 증거가 아무것도 없어. 그놈이 틀림없는데 말이야. 그놈 집을 들어가봤던 배달원이 동물 포획 도구를 봤다고 했어. 털이 붙은 그물도 봤고 말이야. 동물 학대를 일삼는 놈이야. 동물을 얼마나 해쳤는지 몰라. 놈이 집 근처 마트에서 박하사탕을 자주 산다는 것도 확인했어."

"근데도 못 잡아?"

"길에 떨어진 박하사탕 하나만으로는 그를 몰아세울 수

없어."

제리는 크게 실망했다. 자신의 우려가 현실이 되고 있었다. 집사님 곁에 있으면 집사님이 또 위험해질 것이다. 제리는 떠나기로 마음먹었다. 제리는 그 밤, 거실에서 달을 바라보며 오래 울었다.

다음 날 오전, 제리는 공방의 문이 열린 틈을 타서 밖으로 나왔다. 자신 때문에 누구도 다치는 일은 없어야 한다고 생각했다. 제리는 박하맨이 있는 곳에서 최대한 멀리, 멀리 떠났다. 그렇게 몇 달을 길에서 떠돌다가 결국 도착한 곳이, 이 동물 보호소였다. 1년 전의 일이었다.

제리가 이야기를 마칠 즈음에 날이 밝아오고 있었다.

"그때부터 지금까지, 난 수많은 시간 동안 내가 했던 선택을 놓고 씨름했어. 내가 검은 고양이의 얘기를 들었을 때, 그냥 무시했어야 했나, 처음 박하맨을 보았을 때, 못 본 척했어야 했나, 하는 생각. 후회 때문에 오래 괴로웠지."

제리는 교수처럼 내게 질문 하나를 던졌다.

"너라면 뭘 선택하겠어? 확실히 악의를 피해갈 수 있는 길과 선의를 베풀 수 있는 길 중에서. 조건은 이거야. 확실히 악의를 피해갈 수 있는 길에선 선의를 만날 순 없지만,

안전하지. 선의를 베풀 수 있는 길을 선택한다면 악의를 만날 가능성도 있어."

난 고민에 빠졌다. 내가 침묵하자 제리가 말했다.

"많은 이들이 확실히 악의를 피해갈 수 있는 길을 선택할 거라고 생각하겠지만, 현실에선 의외로 그렇지 않은 경우가 많아. 선의를 포기하는 순간, 삶은 아무 의미가 없어지는 거야. 가슴이 두근거릴 수 있는 가능성, 그건 스스로를 위험에 노출시킬 가치가 있는 거니까. 그게 수많은 후회의 시간을 거치고 난 다음에 내린, 내 결론이야."

"아, 골치 아파."

어느새 잠을 깬 미키가 기지개를 켜며 내뱉었다.

내가 제리의 상황이었다면 어떤 선택을 했을까. 제리와 미키가 잠든 새벽녘에도 홀로 깨어서 생각했다. 결국, 제리의 말에 동의하지 않을 수 없었다. 주변의 선의들이 지금까지의 나를 있게 했다. 나는 베푼 선의보다 받은 선의가 훨씬 많았다. 받은 걸 흘려보내는 삶이 가치 있다고 생각하니 마음이 편해졌다. 그제야 졸음이 밀려왔다.

입양 공고

좋은 소식인지 나쁜 소식인지 모를 일이 있었다. 제리의 입양 공고가 난 것이다. 이제 제리의 차례가 되었다. 새 집사를 찾을 기회지만 2주 안에 집사를 찾지 못하면 안락사를 당하게 된다. 제리는 그 소식을 담담하게 받아들였다. 제리처럼 나이 많은 고양이는 인기가 별로 없었다. 어떻게 보면 안락사를 시키기 위한 과정에 불과한지도 몰랐다. 제리도 삶을 정리할 시간이 주어진 것으로 생각했다.

"새 집사를 만날지 모르니 몸이 괜찮은지 좀 살펴봐야지."

관리사가 들어와서 다정하게 제리에게 입양 공고 소식을

전했다. 제리는 앞발을 들어 좋다는 표현을 했다. 제리는 관리사의 손에 들려 몸 관리를 위해 방 밖으로 나갔다. 나갈 때 제리가 유쾌하게 웃으며 말했다.

"검사하고, 간식도 준다더군. 부러워들 말라고. 잘 다녀올게."

나와 미키는 우울함을 감추지 못했다. 당장은 제리가 없는 케이지 안을 상상할 수 없었다. 늘 큰소리치고 시끄러운 미키도 그날만은 입을 다물었다.

30분쯤 지난 후에 제리가 돌아왔다. 몸에 뭘 발랐는지 향긋한 냄새가 났다.

"뭐야, 이 냄새는? 저들이 영감한테 뭔 짓을 한 거야?"

미키가 괜히 퉁명스럽게 내뱉었다.

"입양 공고가 난 고양이의 특권이라고. 다음에 기회가 있을 테니, 너무 시샘하진 마."

제리가 웃으며 말했다.

"영감님, 더 귀여워지셨어요. 소녀 집사들에게 인기가 많으실 거 같아요. 게다가 인기 좋이잖아요."

"아웃렛이 뭘 좀 아는군."

나와 제리는 눈을 맞추고 웃었다.

아침부터 벌 한 마리가 들어와 방 곳곳을 누비며 웽웽거리고 있었다. 햇살이 좋은 날이었다.

"저 벌, 시끄러워 죽겠네. 여기 뭐 먹을 거 있다고 들어왔담."

미키는 계속 심기가 불편했다.

"그나저나, 옆방 치즈냥 모녀도 공고가 난 모양이야. 함께 나왔더군."

"엄마와 딸이 같이요?"

내가 되물었다.

"그래. 같은 날 이곳으로 들어왔으니."

"하나만 입양이 되면 누가 돼도 마음이 편치 않겠군."

미키가 말했다.

"근데 둘은 마냥 즐거워 보였어. 진짜 마음이 뭔지 모르겠는데, 어떻게 되든 상관없는 것 같았어. 목욕하는데 소리를 지르고 난리를 치더군. 보는 나까지 즐거웠어."

"현실 파악이 안 되나 보군."

미키가 코웃음을 쳤다.

"오히려 현실을 받아들인 게 아닐까요?"

난 즐겁게 목욕하는 고양이 모녀를 떠올려보았다. 헤어지지 않는 고양이 가족, 그게 얼마나 진귀한 일인지 우리 모두는 알고 있었다.

"미키, 자네 아웃렛에게 좀 배워야겠어. 내 생각에도 그 모녀는 결정이 나기 전까진 힘껏 즐기기로 한 것 같아."

삶의 행복을 수치로 나타낼 수 있다면, 이곳에 있는 동물들 중에 누적된 수치가 플러스인 경우는 드물 것이다. 그 치즈냥 모녀가 2주 동안 힘껏 즐겁게 지낸다고 해도 그 수치를 플러스로 바꿔놓을 순 없다. 하지만 오늘의 행복이 지금까지의 평균치로 결정되는 건 아니다. 어제까지 계속 마이너스였더라도 오늘 즐거운 일이 있고 웃을 수 있다면 행복의 총 수치가 플러스인 것처럼 느껴진다. 평균의 지배를 받지 않는 것, 그게 행복의 미덕이다.

갇혀 지내지만 하루하루 좋은 친구들과 함께 있다는 것이 내겐 즐거움이었다. 이들을 만나고 그간의 외로움, 불안함이 녹아내렸다. 집사님이 그립지 않은 건 아니었다. 가끔, 아웃렛에서 나를 찾던 그 소년도 생각났다. 그때, 소년이 부르는 소리를 듣고 그 앞으로 나섰다면 어떤 일이 일어났을까도 생각해봤다. 그러나 그 어떤 선택도 후회하지 않았다.

시간은 빠르게 흘렀다. 입양 공고 기간인 2주 중에 열흘이 흘러갔다. 하루하루 지날수록 미키와 나는 제리의 눈치를 더 살폈지만, 제리는 평소와 같아 보였다. 오히려 제리는 아무렇지 않게 이후의 일에 대해 말했다.

"미키, 자네가 날 배려해서 이 자리를 내준 거 알고 있어. 건강한 고양이가 들어온다면 자네가 이 자리에서 머물도록 해."

"영감, 뭐 그런 것까지 신경 쓰고 그러셔? 신경 꺼. 내 맘대로 할 거니까."

그런 얘길 들을 때면 미키가 더 예민하게 굴었다.

미키가 잠들었을 때 제리는 내게 말했다.

"아웃렛, 솔직히 너보다 미키가 더 걱정돼. 너도 알잖아. 저 녀석, 마음은 누구보다 여리지." 제리는 잠든 미키의 얼굴을 물끄러미 바라보았다. "미키는 집사에게 사실상 버림받았지만, 한 번도 집사를 원망한 적이 없어."

"버림받았다고요?"

"그래. 우리와는 조금 다르지. 우린 집사님이 그리울 뿐이지만, 미키의 마음은 훨씬 복잡할 거야."

제리는 미키의 이야기를 내게 간단히 들려주었다. 미키는 살던 집의 맏딸이 결혼할 때 그녀를 따라갔다. 맏딸의 신혼 생활에서 미키는 조미료 같은 존재였다. 집사님 부부의 귀여움을 독차지했다. 그러다, 아이가 태어났다. 불행하게도, 아이는 고양이 털에 알러지 반응을 보였다. 자연스레 미키는 집사님 가족과 다른 공간에서 지내는 날이 많아졌다. 어느 날, 미키는 호기심에 열린 문 밖으로 나섰다. 바깥을 한참 돌아다녔는데 집으로 돌아갈 길을 찾지 못했다. 아파트는 다 똑같아 보였다. 그렇게 미키는 길고양이가 되었다.

"미키는 아파트 주변에서 몇 달 동안 머물렀다고 했어. 미키의 집사가 미키를 찾으려고 했다면, 그날 바로 찾을 수도 있었을 거야. 하지만, 그들은 그렇게 하지 않았지."

"마음이 아파요."

"내가 떠난 뒤에 미키가 마음을 잘 추스를 수 있도록 도와줘."

전날의 일이 생각났다. 제리가 목욕을 하러 나갔을 때 미키가 말했다.

"아웃렛, 요즘 영감 일 때문에 걱정되지?"

"음, 조금요. 그냥 좀 기분이."

"기운 내. 영감도 우리가 그러는 걸 바라지는 않을 거야. 평소처럼, 티 내지 않고 보내주는 걸 제일 바랄 거야."

난 그 말을 듣고 웃음이 났다.

"미키 아저씨, 아저씨가 지금 제 걱정 하는 거예요? 티를 팍팍 내는 게 누군데요? 아저씨나 기운 좀 내세요."

"아, 그런가. 내가 좀 예민하게 굴었지? 내가 네 걱정할 때가 아닌데 말이야. 나만 잘하면 되는데." 미키도 나를 따라 웃었다. "내가 표정 관리가 참 안 돼. 난 고양이도 아니야."

미키의 말에 크게 웃었다.

"고양이가 아니면 뭐예요?"

"개인가 보지. 얼굴에 나 지금 행복함, 우울함, 쓰고 있는 애들. 지금부터 내가 제리 일로 티 내면 개야, 개."

"진짜요? 두고 볼 거예요!"

미키도 제리를 떠나보낼 준비를 하고 있었다. 제리가 목욕을 마치고 왔을 때부터 다시 개처럼 굴긴 했지만.

우리가 기다리던 소식은 공고가 난 지 12일이 지난 날 오후에 들려왔다. 겨울의 끝자락이었다. 아침부터 비가 와서 공기 속에서 물 냄새가 진동하던 날이었다. 관리사가 문을 열고 들어와서는 활짝 웃으며 말했다.

"제리, 새 집사님이 생길 것 같아! 지금 가서 그 사람을 만날 거야. 어때? 흥분되지?"

난 소식을 듣고 환호성을 질렀다. 케이지에 고양이 펀치를 날렸다. 위층과 아래층의 고양이들도 축하해주었다.

"영감님, 잘됐어요. 어떤 분일지 정말 궁금해요."

미키는 아무 말 없이 제리의 머리에 얼굴을 갖다 대더니, 그루밍을 해주었다. 관리사가 케이지를 열고 제리에게 손을 내밀 때 미키가 한마디 했다.

"잘하고 와, 영감."

어떻게 결론이 나든, 제리는 우리 곁을 떠날 것이다. 하지만 그가 어디엔가 살아 있다는 것과 이 세상에 존재하지 않는다는 것은 전혀 다른 느낌이겠지. 제리가 우리와 같은 세계에 오래도록 살아서, '제리는 지금쯤 힘든 몸을 이끌고 재롱을 피우고 있겠지?' 같은 말을 미키와 나눌 수 있길 바랐다.

제리가 새 집사님이 될지도 모르는 사람을 만나고 돌아왔다. 우린 질문을 쏟아냈다.

"어떤 사람이었어요? 어떤 게 맘에 들었대요? 새로 살 집은 어떻대요?"

나와 미키의 질문은 서로 엉켜서 나중엔 누가 한 질문인지도 헷갈렸다.

"엄마와 딸이었어. 엄마는 중년이었고, 딸은 이제 열다섯 살이래. 날 선택한 건 순전히 내 종 때문이었어. 딸이 샴 고양이를 키우는 게 소원이었대. 내 나이가 많다는 건 크게 신경 쓰지 않았어. 엄마와 딸 모두 친절하고 상냥했어. 아, 그리고……."

제리 말이 끝나지도 않았는데 미키가 끼어들었다.

"영감, 그래서 기분이 어때? 젊고 친절한 집사님을 얻은 소감 말이야."

"기분이야 좋지. 좋은 사람들이야. 그리고 나 말고 다른 고양이도 한 마리 더 입양한대. 한 마리면 외로울 것 같다나. 배려심도 많은 사람들이야. 그렇지, 이건 퀴즈로 내야겠군."

"뭘 퀴즈로 낸다는 거야?"

미키가 조바심을 내며 물었다.

"나와 함께 선택된 다른 고양이가 누군지."

"혹시?" 내 머릿속엔 한 고양이가 딱 떠올랐다.

"그래, 네 짐작이 맞을 것 같구나. 지난번 만난 치즈냥 모녀 중에 딸이야."

"그쪽은 생이별을 하게 되었네요."

난 한숨을 크게 쉬었다.

"안타까운 일이긴 하지만, 어린 치즈냥이는 벌써 독립할 나이가 지났어. 이곳이 아니었다면 엄마 곁을 떠났을지도 몰라."

미키가 말했다.

제리는 새 집사님을 만나고 와서 우리가 불러도 못 들을 정도로 멍하게 있는 시간이 많아졌다.

드디어 제리가 새 집사님의 집으로 떠나는 날이 왔다. 나와 미키는 잠을 잘 자지 못했다. 제리만 평소처럼 푹 잤다.

"뭐야, 영감! 잠만 잘 자네? 이제 좋은 집으로 떠날 생각을 하니까 아무 걱정이 없지? 가버려!"

미키는 제리가 깨자 억울한 듯 소리쳤다. 말은 그렇게 했지만, 제리에게 그루밍을 하는 내 곁으로 와서 함께 제리의 털을 정돈해주었다.

"잘들 지내게. 오래지 않아 좋은 고양이가 내 자리를 채울 거야."

제리는 담담하게 말했다.

관리사가 와서 제리를 데리고 갈 때도, 제리는 뒤돌아보지 않았다. 제리가 관리사와 함께 문 밖으로 사라지자, 남겨진 우리는 잠시 멍하게 있었다.

"망할 늙은이. 저렇게 쿨하게 떠나다니."

난 미키 곁에 붙어 앉아서 그루밍을 해주었다. 내가 그루밍을 하는 동안에도 미키는 계속 제리 얘길 했다. 그게 미키가 누군가를 떠나보내는 방식이었다.

"새집에 가자마자 우릴 잊을 거야. 그러니 우리도 영감을 잊자고. 괜히 생각하면 우리만 손해야, 암."

미키는 제리가 빠져나간 마음의 공간을, 많은 말과 원망으로 채우는 중이었다. 우린 그렇게 그날을 쓸쓸한 기분으로 보낼 것 같았다. 방의 문이 열리고 관리사의 팔에 들려 있는 샴 고양이 한 마리를 봤을 때, 우린 깜짝 놀랐다. 제리와 꼭 닮은 고양이가 우리 케이지 쪽으로 다가오고 있었던 것이다.

"신참도 샴 고양인가?"

미키도 멍하니 그 고양이를 바라보면서 중얼거렸다.

"제리…… 예요."

제리가 틀림없었다. 관리사는 케이지를 열고 제리를 내려놓으며 말했다.

"이 녀석아, 너 대체 왜 그런 거야? 네게 며칠이 더 주어지겠지만, 이제 다른 기회가 없을지도 모른단 말이야."

관리사는 잔뜩 속상한 얼굴을 한 채 방을 나갔다. 제리는 우리 앞에 우뚝 서 있었다.

"아, 피곤한 하루였어. 좀 쉬어야겠어."

"영감, 어떻게 된 거야? 무슨 사고를 친 거야?"

제리는 바깥에서 일어난 일을 모두 털어놓았다.

입양 대기실엔 제리의 새 집사님 모녀가 와 있었다. 제리와 어린 치즈냥은 관리사의 손에 들려 대기실로 들어갔다.

"둘 다 너무 예뻐!"

소녀가 탄성을 질렀다. 소녀는 엄마를 꼭 끌어안았다.

"그렇게 좋아? 더 일찍 고양이 못 키운 게 미안해지네."

소녀의 엄마가 말했다.

두 관리사는 제리와 치즈냥을 안고 고양이의 건강 상태와 키울 때 주의할 점 등을 설명했다. 그동안 제리는 치즈냥에게 말을 걸었다.

"안녕, 이름이 뭐야?"

"유리예요."

"아직 많이 어려 보이네. 태어난 지 얼마나 된 거야?"

"삼 개월쯤 됐다고 엄마가 그랬어요."

"새 집사님 만난다고 하니 엄마는 뭐라고 해?"

"거긴 따뜻하고 좋을 거라고요."

"엄마를 떠나는 기분이 어때?"

"잠시 떨어지는 건 기분이 좀 별로지만, 곧 만날 수 있으니까 괜찮아요."

"곧 만난다니?"

"엄마는 며칠 후에 제가 있는 곳에 온댔어요."

제리는 치즈냥 모녀가 그렇게 즐거워 보였던 이유를 알았다. 엄마는 처음부터 이 어린 고양이한테 거짓말을 해왔던 것이다. 관리사의 말이 끝나가고 있었다. 고양이의 잠잘 곳과 용변 보는 곳의 동선을 잘 고려해야 한다는 말을 하고는 설명을 마무리했다. 관리사들은 제리와 유리를 각각 엄마와 딸에게 건네려고 팔을 뻗었다.

그때 제리가 유리에게 말했다.

"미안. 조금만 참아. 금방 끝날 거야."

유리가 제리를 향해 고개를 돌리는 순간, 제리는 관리사의 팔을 딛고 풀쩍 뛰어서 유리에게 달려들었다. 그 바람에 유리도 관리사의 팔에서 제리와 함께 바닥으로 떨어졌다. 제리는 털을 곤두세우고 유리를 공격했다. 앞발로 유리의 몸을 할퀴고 이빨로 목덜미를 물었다.

"안 돼!"

모녀는 놀라서 비명을 질렀다.

관리사가 금방 두 고양이를 떼어내고 들어 올렸다. 제리는 몸을 최대한 곤두세우고 유리를 향해 앞발을 휘둘렀다.

"이 녀석아, 진정해!"

키 작은 관리사가 제리의 등을 쓰다듬었다. 그제야 제리는 진정된 척을 했다.

"원래 이런 녀석이 아닌데요. 순하고 사람을 잘 따르거든요. 아깽이한테 이렇게 하는 건 처음 봤습니다."

"둘이 뭐가 안 맞는 게 아닐까요?"

엄마 집사가 말했다.

"정확한 이유는 모르겠지만 그럴 수도 있어요."

관리사가 대답했다.

"이대로 둘을 같이 키우는 건 어렵겠지요?"

엄마가 말을 하곤 딸을 쳐다보았다.

"아, 참. 난감하네요. 얘가 이런 아이가 아닌데요."

"그래도 하나만 데리고 가면 외로울 거야."

딸이 말했다.

"그럼, 이건 어떨까요? 공고를 보셨겠지만, 이 어린 고양이의 어미도 입양을 기다리고 있어요. 모녀를 함께 데리고 가는 건 어떨지요? 둘이 지내는 데는 문제가 없을 거예요."

"어때? 너 샴 고양이 키우고 싶었잖아."

엄마가 딸에게 말했다.

"그랬지만 할 수 없지. 싸우는 고양이를 같이 데리고 갈 순 없잖아. 이 아깽이한테도 그 편이 좋을 거야."

딸은 그 말을 하면서 아쉬운 듯 제리를 쳐다보았다. 제리는 귀를 뒤로 잔뜩 젖히고 딸에게 이빨을 드러냈다. 제리는 마지막으로 혼신의 연기를 펼쳤다. 다른 관리사가 치즈냥의 어미를 대기실로 데리고 들어왔을 때 제리는 비로소 관리사의 팔에 편안하게 엎드렸다. 제리는 어린 치즈냥이 어미를 다시 만나는 걸 보며 대기실 문을 나섰다.

내가 제리의 나이가 된다면, 생명을 걸고 다른 이의 행복을 선택할 수 있을까. 아무리 생각해도 난 못 할 거다. 난 이기적인 고양이니까. 이상하지. 제리 같은 고양이 앞에선, 그런 부끄러운 사실도 거리낌 없이 고백할 수 있었다.

재회

"어이가 없지만, 너무 영감다워서 할 말이 없네."

미키가 고개를 절레절레 흔들며 말했다.

"난 살 만큼 살았어. 오랫동안 선택의 여지없이 살다 보니, 선택할 수 있다는 게 얼마나 설레는 일인지 잊고 살았어. 오늘의 선택은 무척 즐거웠어."

제리가 자리에 엎드렸다.

"전 영감님이 다시 곁에 있어서 좋아요."

난 진심으로 말했다.

"곁에 얼마나 있을 수 있을지 모르는 게 함정이지만, 그래도 다시 돌아온 건 환영해, 영감."

미키도 다시 제리가 돌아온 게 내심 반가운지 부드럽게 말했다.

그날 제리의 선택은 제리의 삶을 결정한 것 같았지만, 돌아보면 모든 걸 바꿔놓는 일이었다. 제리의 선택은 제리뿐 아니라 보호소의 많은 동물들과 내게도 영향을 미치게 되었다.

갑작스런 입양 취소로, 제리의 안락사는 2주 뒤로 미뤄졌다. 입양될 수 있다는 가능성을 보여준 만큼, 한 번 더 입양의 기회를 줘야 한다는 관리사들의 의견이 나왔기 때문에 다음 입양 공고에 포함되었다.

"이것 봐, 내 선택이 얼마나 탁월했는지 봐봐. 이 보호소에서 나처럼 한 달 내내 매주 고단백 간식을 섭취하는 고양이 있으면 나와봐. 허허."

제리는 입양이 취소된 다음 주에 건강 관리를 위해 나가면서 의기양양하게 외쳤다.

"정말 잘났다."

미키가 말했다.

그날 오후, 거의 3주 만에 자원 봉사단이 찾아왔다. 우린 키 작은 관리사의 팔에 들려 3주 전처럼 본관 놀이방으로 이동했다. 그곳엔 지난번보다 많은 자원 봉사자들이 우릴 기다리고 있었다. 자원 봉사자들은 각 방에서 온 고양이들을 받아 들었다. 몇몇 봉사자들은 우리가 지내는 방의 청소를 위해 관리사를 따라 방으로 이동했다.

난 중년 아주머니와 함께 놀았다. 미키는 그 아주머니의 열세 살 된 아들 품에 안겼다.

"이 녀석 좀 말려봐. 자꾸 내 꼬리를 들춰 봐. 똥이라도 싸줄까 보다."

미키가 소리쳤다.

미키와 놀기로 한 소년은 미키의 몸이 궁금한지, 구석구석을 자세히 살폈다. 미키의 앞발을 손으로 붙잡고 사람처럼 뒷다리로 일어서게 한 다음, 걸어보게도 했다.

"이거 영 버릇이 없는 녀석이야! 피곤하게 생겼군."

미키는 두 다리로 걸으며 말했다.

"엄마, 이 녀석 다리를 다쳤었나 봐. 뭐라고 불러야 하지? 장애 고양이라고 해야 해?"

소년이 말했다.

"불쌍한 고양이네. 잘 보살펴줘. 힘들게 하지 말고."

소년의 엄마가 말했다.

난 내심 아주머니와 짝이 된 걸 다행으로 여겼다. 아주머니는 바닥에 엎드린 내 털을 가만히 쓰다듬으면서 미키와 놀고 있는 아들에게 잔소리를 늘어놓았다.

난 살짝 졸렸다. 눈을 껌뻑이며 제리는 뭐 하고 있나 찾아봤다. 제리는 두 사람 건너서 한 젊은 여자와 놀고 있었다. 제리의 표정과 움직임이 지난번과 눈에 띄게 달랐다. 몸이 피곤해도 적극적으로 놀던 제리였는데 그때는 뭔가 다른 것에 정신이 팔린 것처럼 보였다. 제리는 다른 곳을 바라보고 있었다. 제리의 시선이 향한 곳엔 한 남자가 있었다. 낚시 모자를 쓴 남자는 아래쪽 케이지에 사는 주황색 고양이 순이와 놀고 있었다. 쥐 모형을 손으로 까딱까딱 들어 올리면 순이는 장난감을 향해 힘차게 점프를 했다.

한순간, 그 남자도 제리를 의식하고 있다는 게 느껴졌다. 시간이 조금 지나자 남자는 아예 대놓고 제리를 바라보았다. 제리도 그 남자의 시선을 피하지 않았다. 남자는 자신과 놀고 있던 고양이를 들고 제리 쪽으로 다가갔다. 그러곤 제리와 놀던 여자에게 말했다.

"저기 죄송한데, 제가 그 고양이와 좀 놀아주면 안 될까요? 예전에 키우던 녀석과 닮아서요."

남자는 입에 사탕을 물고 있는지, 말을 할 때 한쪽 볼이 약간 불룩해졌다. 그쪽에서 은은하게 내 감각을 깨우는 냄새가 공기를 타고 흘러왔다. 박하 향이었다.

"아, 그러세요."

"감사합니다."

여자는 제리를 남자에게 건네고, 남자가 내미는 고양이를 받아 들었다. 제리는 이미 등을 잔뜩 세우고 있었다. 몸에 전기라도 통한 것처럼. 제리가 남자의 손에 닿을 때쯤 제리는 기다렸다는 듯이 발톱으로 남자의 손등을 할퀴었다.

"어머, 어떡해요?"

여자가 놀라서 물었다.

"아아, 괜찮습니다. 갑자기 사람이 바뀌니 놀랐나 봐요. 걱정하지 마세요. 이런 고양이는 제 전문이니까요."

남자는 제리의 두 앞발을 한 손으로 결박하듯 감싸 쥐고 제리를 자기 허벅지 위에 올렸다. 다른 손으로는 제리의 등을 눌렀다. 제리가 발버둥을 치고 비명을 질러도 소용이 없었다. 제리의 귀가 뒤로 바짝 젖혀졌고 털은 곤두섰다.

제리를 건넨 여자도 제리의 반응과 남자의 대응에 놀란 눈치였다.

남자가 제리 가까이 몸을 숙였다. 남자의 말소리는 작았지만 그 입술을 읽을 수 있었다.

"제리, 드디어 찾았구나. 오래 찾았어. 내가 말했잖아. 널 찾아낼 거라고."

제리는 발버둥치는 걸 멈췄다. 남자는 박하맨이었다. 제리도 남자의 얘기에 집중했다. 낚시 모자를 눌러 쓴 남자의 피부는 하얗게 빛나고 있었고 눈은 모자의 그늘 속에 숨어서 잘 보이지 않았다. 남자는 계속 제리의 귀에 대고 말을 했다. 그때 미키와 놀던 소년이 미키의 뒷발을 잡아끌고 남자와 나 사이에 끼어드는 바람에 더 이상 남자의 말을 들을 수 없었다. 소년의 몸 뒤로 남자의 허리만 겨우 보였다.

심장이 두근거렸다. 졸음은 어느새 달아났다. 제리에게 무슨 일이 벌어질까 봐 걱정되었다. 자원 봉사자의 시간이 끝나고 제리는 무사히 방으로 돌아왔다. 제리는 저녁 내내 깊은 생각에 빠져 있었다. 밤에 미키가 잠이 들었을 때, 난 제리에게 조심스럽게 물었다.

"제리, 그가 온 거죠? 박하맨."

제리의 눈이 커졌다.

"어떻게 안 거야?"

"아까 봤어요. 그가 하는 말을 조금 들었어요."

"그랬군."

"그가 뭐라던가요? 영감님을 죽이려고 온 건가요?"

"그것보다 더 심각한 일이야."

"더요?"

"그래. 이곳 전체가 위험해졌어. 나 때문에. 내 주변에 피해를 주지 않으려고 도망쳐왔는데, 결국 그렇게 될지도 모르겠어."

제리는 어둠 속에서 조용히 그에게 들은 말을 전했다. 제리의 목소리가 그렇게 떨리는 건 그때가 처음이었다.

박하맨은 제리 귀에 속삭였다.

"널 찾는 데 오래 걸렸어. 꽤 멀리 도망쳐왔군. 제리, 어떻게 널 찾았는지 궁금하지? 정말 우연이었어. 내게는 행운이고 너에게는 불행이라고 해야 할까. 유튜브나 포털사이트 검색창에 가끔씩 '고양이'와 네 이름을 치곤 했어. 물론 네 이름을 치는 게 아무 소용없는 일이라는 건 알아. 답답한 마음에서랄까. 증발하듯이 사라져버린 너를 도무지 찾을 수 없어서 생긴 버릇이야. 어디서 네가 죽기라도 했다면 그건 내게 견딜 수 없는 일이었을 거야. 석 달 전쯤이었나. 그날도 무심코 '고양이'를 검색창에 쳐 넣었지. 그때 한 유튜브 영상에 이곳이 나오더군. 자원 봉사자가 찍어 올린 거였어. 화면 속에서 스치듯이 지나가는 널, 바로 알아봤지."

박하맨은 승리자처럼 웃고는 말을 이었다.

"널 만나려고 꽤 노력했어. 처음엔 너를 입양하려고 했지. 보호소에 이것저것 물어보고 신청 서류도 냈지. 하지만 거절당했어. 예전에 동물 학대 건으로 처벌받은 이력을 찾아냈던 것 같아. 젠장. 그걸로 포기할 순 없었지. 얼마 뒤에 입양 공고가 뜨더군. 네가 입양되지 못하면 이곳에서 안락사를 당하게 된다고 했어. 그렇게 둘 순 없었지. 네가 입양되길 얼마나 바랐는지 몰라. 내가 너한테 했던 약속 기억나? 네 주변에 누가 있든, 가만히 두지 않을 거라고.

네 입양 소식을 확인했어. 새 집사에게 유감은 없었지만, 너한테 했던 약속은 여전히 유효했거든. 너의 집사가 될 사람들의 뒤를 캤어. 네 앞에서 좀 다치게만 할 작정이었어. 그런 다음, 널 빼돌리려고 했지. 입양하는 날에 그들을 뒤따라갔어. 사이좋은 모녀더군. 그들은 작은 주택에서 지냈지. 이웃집은 좀 떨어진 곳이었어. 일이 아주 쉬울 거라 생각했어. 그들이 차에서 내려 집으로 들어가는 순간, 뭔가 잘못되었다는 걸 깨달았지. 차에서 나온 건 네가 아니었어."

제리는 화가 나서 발버둥을 쳐봤지만, 박하맨의 완력에 꼼짝도 할 수 없었다.

"너에게 오는 길이 쉽지 않았어. 이대로 가다간 너를 안락사시킬 거 같아서 조급해졌어. 그래서 새로운 기회를 노린 거야. 바로 이렇게 말이야. 의심받지 않고 끼어들려고 저 자원 봉사대 회장에게 얼마나 알랑거렸던지. 일이 끝나면

저 노인네도 가만두지 않을 거야. 어쨌든 이렇게 다시 만나게 됐군, 제리."

놀이방에서 놀고 있던 고양이들과 자원 봉사자들은 제리의 눈앞에서 일순간 사라졌다. 제리는 교수님의 등 뒤에 매달려서 공원을 걷던 그날의 기억이 떠올랐다. 주변은 온통 초록빛이었고 호수엔 이따금씩 물고기가 올라와 입을 뻐끔거리고 다시 수면 아래로 사라졌었다. 길가 수풀 속에서 검은 고양이의 목소리가 들려왔다. 고양이들이 죽고 있어. 평화로운 풍경에 균열이 시작되었다.

박하맨은 계속 제리에게 속삭였다.

"이제부터 내 계획을 알려주지. 난 너와의 약속을 지킬 생각이야. 네 주변에 함께 있는 건 누구든 가만두지 않을 거야. 이곳을 불태울 거야. 넌 내게 특별하니까. 어느 때부턴가, 넌 내 목적이 되어버렸거든. 네게 다 보여줄 거야. 내가 널 위해 어디까지 하는지 말이야. 내 말 다 알아듣지? 그래, 이 눈빛, 날 경멸하고 두려워하는 그 눈빛. 곧 내 기억 속에만 남겠지."

그때 자원 봉사 시간이 종료되었다. 박하맨은 제리를 관리사에게 건네주었다.

"즐거우셨나 보군요."

관리사가 웃고 있는 박하맨에게 말을 건넸다.

"네, 무척요. 이 녀석, 예전에 알고 지내던 고양이랑 닮아서 참 좋은 시간이었습니다. 또 보자, 제리."

어쩌면 우린 꼼짝없이 케이지 속에서 죽게 될지도 몰랐다. 그렇지만 이제 그 남자는 제리에게만 적이 아니다. 죽을 때 죽더라도 우리가 그렇게 무력한 존재가 아니란 걸 알려주고 싶었다. 작은 상처라도 내서 그걸 볼 때마다 우리를 해치기 위해선 우리 존재의 무게에 상응하는 수고를 들여야 한다는 걸 보여주고 싶다.

B3 구역

다음 날은 비가 왔다. 바깥으로 통하는 창문으로 비바람에 흔들리는 나뭇가지가 보였다. 비가 세상을 적시는 것처럼 빗소리도 하루 종일 내 귀를 적셨다.

언젠가 집사님과 비 오던 날에 동네 빵집에 갔던 기억이 떠올랐다. 집사님은 내게 비 오는 장면을 보여주고 싶다며 날 안고 집을 나섰다.

"작가의 고양이는 이런 감성도 느껴봐야 해."

난 좋다는 뜻으로 집사님의 손등을 핥았다.

우린 함께 우산을 쓰고 걸었다. 집사님은 일부러 동네 공원 쪽으로 돌아가는 길을 택했다. 연두색 장화를 신은 집사님은 빗물이 모여드는 길가에 섰다. 우린 물이 장화를 감싸 돌며 흘러가는 걸 지켜보았다. 빗물이 떨어져서 끊임없이 동심원이 만들어졌다가 사라지는 것도 보았다.

"비가 그치면 사라질 풍경이야. 잘 봐둬. 비 오는 날이면 이 장면이 가끔 생각날 거야."

집사님의 말처럼 비 오는 날엔 수많은 빗방울이 웅덩이에 떨어져 동심원을 만들고 사라지는 광경을 떠올리게 되었다. 이제는 그런 생각을 한다. 나 같은 고양이가 세상에 남기는 흔적도 딱 그 빗방울만큼이 아닐까 하고. 앞으로도 무수한 고양이들이 비처럼 내렸다가 짧은 동심원을 남기고 어디론가 흘러가버리겠지. 난 운이 좋았다. 내가 짧은 순간 남겼던 흔적은 집사님이 봤고, 또 기억해줄 것이었기 때문이다.

제리는 박하맨의 계획을 이곳의 모든 친구들에게 알리고 대책을 세우기로 했다. 어제까지만 해도 제리는 조금은 힘이 빠져 있었다. 하지만 박하맨을 만나고 난 후에 제리는 이상하게도 활력이 넘쳤다. 다시 생의 의미를 찾은 것 같았다. 제리는 반나절 동안 한쪽에 엎드려서 어떻게 대비해야 할지를 고민했다. 반짝거리는 눈빛은 갑자기 멍하게 바뀌기도 했다. 한 번씩 떠오르는 그 표정을 놓칠새라 제리에게 물었다.

"무슨 생각 하세요?"

"그 고양이들, 그 남자의 손에 죽었다는 고양이들 생각. 그리고 나 때문에 다친 내 집사님."

제리가 슬픈 얼굴로 대답했다.

"그건 영감님 탓이 아니에요. 그 남자는 어떻게든 누구라도 해칠 구실을 만들어냈을 거예요."

비가 잦아든 저녁 무렵, 제리는 생각을 정리했다. 제리는 우리를 불러 앉히고는 자신의 계획을 말했다.

"내가 박하맨이라면 언제 올까를 생각해봤어. 내 생각엔 수요일일 거 같아. 다음 주가 유력해. 내 입양 공고 기간이 다음 주 금요일에 끝나니까."

"수요일엔 여기 직원이 야간 당직 근무를 서지 않지."

미키가 말했다.

보호소에서는 수요일을 가족의 날로 정했다. 직원들은 동물들의 저녁 식사만 챙겨주고 모두 여섯 시에 퇴근을 했다. 그날은 동물 보호소 근처 마을에 사는 할아버지 한 분이 소일 삼아 보호소 당직실에서 잠을 잤다. 비상 상황에 대비하기 위한 것인데 그런 일은 거의 일어나지 않았다. 할아버지가 개를 좋아해서 개들이 모여 있는 B3 구역만 밤에 순찰을 돈다는 얘기도 있었다. 어쨌건 할아버지가 오는 수요일 밤엔 보호소에서 어떤 인기척도 느낄 수 없었다.

"그 남자는 주도면밀해. 침입을 위해 정보를 모았을 거야. 분명 수요일에 올 테고, 내게 얘기했듯이 불을 지르기 위한 도구를 갖고 올 거야."

제리가 앞발로 수염을 훑으며 말했다.

"기름 같은 거요?"

내가 물었다.

"맞아. 그걸 갖고 온다면 그가 가까이 온다는 걸 미리 알아차릴 수도 있을 거야. 누군가가 우릴 좀 돕는다면 말이야."

"누가 우릴 도울 수 있다는 말이야? 관리사에게 알릴 방법이 있다는 거야?"

미키가 케이지 바닥을 긁으며 물었다.

"우리보다 후각이 뛰어난 존재가 우릴 도울 수 있지. 그들의 문제이기도 하니까."

"B3 구역!"

미키와 나는 동시에 외쳤다.

"그래. 우리보다 그들이 박하맨의 등장을 더 일찍 알아차릴 거야. 그렇다면 우린 생존 확률을 조금이라도 높일 수 있어. 불과의 싸움은 시간과의 싸움이기도 하니까. 박하맨이 일을 시작하기 전부터 개들이 짖어주면 우리에게 구조 기회가 생길지도 모르고."

"어떻게 그들에게 알린다는 거야? 거긴 본관을 돌아가야해. 우린 케이지에서 벗어나는 거 자체가 쉽지 않은데 말이야. 무엇보다 그들은 우릴 좋아하지 않아. 가까이 갔다가 운이 나쁘면 비명횡사할 수도 있다고."

미키가 벌떡 일어나 앉으며 말했다.

"아웃렛이 그 일을 해줘야 해. 우리 중에서 제일 빠르니까. 한 번은 모험을 걸어야 해. 내가 건강 관리를 받으러 나가는 날에 아웃렛이 이곳을 탈출해서 B3 구역에 다녀와야해. 아웃렛, 어때? 할 수 있겠어?"

"할 수 있어요. 가만히 앉아서 당할 수만은 없어요. 할 수 있는 일은 다 할 거예요."

위기가 가까이 다가오니, 오히려 뭐든 할 수 있겠다는 자신감이 생겼다.

우리의 계획은 이랬다. 제리를 꺼내기 위해 관리사가 케이지를 여는 순간, 내가 케이지 바깥으로 뛰어나간다. 난 곧장 B3 구역으로 달려간다. 거기서 고양이의 말을 아는 개,

아롱이를 찾아서 자초지종을 설명하고 기름 냄새가 가까워지면 크게 짖어달라고 부탁을 한다. 아롱이에 대한 정보는 아래층 케이지에 있는 고양이 단비의 희미한 기억뿐이었다.

단비가 이곳에 들어올 때, 차에 같이 실려 온 강아지가 있었다고 한다. 다른 강아지와 달리 그 강아지는 단비가 하는 말을 알아들었다. 아롱이는 태어났을 때부터 고양이와 함께 생활해서 고양이의 말을 안다고 했다. 그때 둘 다 각자의 이동용 케이지 속에 갇혀 있어서 아롱이가 어떻게 생겼는지를 알 수 없다는 게 문제였다.

"또 다른 정보는 없는 거야?"

미키가 일 층 선반에 있는 단비에게 큰 소리로 물었다.

"그것뿐이야. 그땐 녀석이 강아지였어. 고양이와 위화감 없이 대화할 수 있는 나이였지. 근데 일곱 달이 지났어. 녀석이 지금 어떻게 변했을지 알 수 없어. 사나운 개가 되었을지도 몰라. 고양이 말을 잊었을지도 모르지. 조심해야 할 거야."

아래쪽에서 단비의 목소리가 선반을 타고 올라왔다.

우리는 탈출 연습을 했다. 나와 제리는 위치를 바꿔가며 가장 잘 탈출할 수 있는 지점을 찾았고, 관리사의 팔이 케이

지에 들어왔을 때 어느 쪽에 틈이 날지도 예측해가며 연습
했다.

불에도 대비해야 했다. 목청이 큰 미키가 제리의 말을 방
에 있는 다른 고양이들에게 전달했다.

"케이지 속에서 우리가 할 수 있는 건, 최대한 버티는 수
밖에 없어! 누군가 구조를 위해 달려올 때까지 죽지 않는
것 말이야."

제리가 한 말을 미키는 빠뜨리지 않고 전했다.

"다음 주 화요일부터 우리가 마시는 물을 케이지에 있는
헝겊에 조금씩 적시도록 해. 수요일 밤엔 흠뻑 젖어 있어야
해. 불이 나면 곧장 젖은 헝겊을 뒤집어쓰는 거야."

미키는 제리의 말에 오히려 더 보태기도 했다.

"그리곤 기도를 해. 우리가 빨리 구조되도록 말이야. 운
이 좋다면, 젖은 헝겊이 우릴 연기로부터 잠시 보호해줄 것
이고 시간을 벌어줄 거야."

몇몇 고양이들은 미키가 전하는 제리의 말에 콧방귀를
뀌었지만, 대부분은 제리의 말대로 하겠다고 했다.

제리의 검진 날인 월요일이었다. 우린 아침부터 탈출 준
비를 했다. 여러 번 실전처럼 반복했다. 제리는 케이지 입구

에서 가장 먼 구석에 자리를 잡았다. 관리사의 팔이 최대한 깊이 들어오도록 말이다. 관리사의 팔이 제리의 털에 닿는 순간이 내가 뛰어나갈 시점이었다. 제리를 붙잡기 위해서는 관리사의 팔이 케이지 문 한쪽에 밀착되어야 했기 때문에 내가 빠져나갈 공간이 생길 것이었다.

아침밥을 먹고 미키가 내게 다가와 그루밍을 해주면서 말했다.

"아웃렛, 오늘만큼 내 다리가 성하지 않은 게 분한 적이 없다. 너한테 큰 짐을 지우는 것 같아 미안하네."

"아저씨, 아저씨 다리가 멀쩡해도 제가 더 빠를 거예요. 미안해하지 마세요. 하하."

"뭐야, 이 녀석."

미키가 웃으며 내 한쪽 귀를 가볍게 물었다.

관리사가 문 여는 소리가 들렸다. 제리는 구석에 밀착했고 난 자세를 최대한 낮추고 언제라도 뛰어나갈 준비를 했다. 키 작은 관리사가 우리 케이지의 문을 열고 제리를 데리고 가려고 팔을 쭉 뻗었다.

"오늘 왜 그렇게 구석에 앉아 있……."

관리사의 손끝이 제리의 털에 닿은 순간, 난 케이지의 문을 향해 돌진했다. 관리사의 팔과 문 사이의 틈은 고양이 한 마리가 지나가기에 충분했다. 난 순식간에 그 틈을 통과해서 바닥으로 뛰어내렸다.

"어, 엇!"

관리사의 팔엔 어느새 미키도 올라가 앉아 있었다. 관리사는 제리와 미키를 떨쳐내고 팔을 빼서 케이지의 문을 다시 잠근 후에야 나를 쫓아왔다. 그사이 난 본관을 지나 B3 구역으로 접어들었다. 개들의 냄새가 코를 찔렀다. 오래된 치즈 냄새와 비슷했다.

"나비야, 돌아와!"

관리사의 외침이 들렸다. 난 그 어느 때보다 빨랐다. 바람이 온몸을 통과해서 지나갔다. 짧은 시간이었지만 수많은 생각들이 떠올랐다가 가라앉았다.

난 양쪽으로 늘어선 축사 사이의 통로로 들어섰다. 축사는 고양이 케이지와 달리 지붕이 없었고, 위쪽 선반과 축사 사이에는 주먹 두 개 정도의 틈이 있었다. 개들은 날 보자마자 짖고 으르렁거렸다. 덩치 큰 잡종견 하나는 앉아 있다가 벌떡 일어나서 이빨까지 드러내며 철망을 들이받았다. 나는 통로를 달려가며 있는 힘껏 소리쳤다.

"아롱이! 아롱이!"

통로가 끝나는 곳까지 달려가는 동안 아롱이를 만나지

못하면 이 잠깐의 탈출도 아무 의미 없이 끝날 것이었다. 통로 끝에 다다랐을 때, 관리사의 발소리가 개 짖는 소리에 섞여 들렸다. 실패구나, 하고 낙담하고 속도를 늦출 때 그가 나타났다.

"이리로 와!"

분명한 고양이의 말로 그가 말했다. 오른쪽을 돌아봤다. 흰색 바탕에 양쪽 눈가가 판다처럼 검은 털로 덮인 보더콜리 한 마리가 녹슨 철창에 바짝 붙어 있었다. 이대로 꾸물거리면 관리사의 눈에 띄게 될 것이었다. 난 곧장 철창 위로 뛰어올랐다가 축사 안으로 내려앉았다. 아롱이가 다른 개들을 향해 맹렬하게 짖었다. 그러자 하나 둘 개 짖는 소리가 잦아들었다.

"나비야, 어디 있니? 여긴 너한테 위험한 곳이야."

관리사가 통로 사이를 오가며 나를 불렀다. 난 아롱이 뒤에 숨었다. 관리사는 개들이 조용해지자, 내가 나간 줄 알고 B3 구역 밖으로 갔다. 그제야 아롱이는 날 향해 돌아섰다. 구석에 있던 덩치 큰 보더콜리 한 마리도 다가와 있었다. 아롱이가 그 개에게 가볍게 짖자, 그 개는 다시 자기 자리로 돌아가서 앉았다.

"이제 이게 무슨 상황인지 설명을 해보실까? 날 어떻게 알고 있는 거야?"

다른 케이지의 개들이 우릴 향해 우우, 하며 소리를 냈다.

"친구들이 너에 대해 많이 궁금해하네. 이 중엔 부드럽지 않은 친구도 있지. 이곳이 네게 위험하다는 건 알았을 텐데. 이 정도 각오를 했다면 꽤 큰일이겠지?"

난 아롱이에게 모든 걸 이야기했다. 아롱이는 박하맨의 얘기가 나올 때마다 나직이 으르릉 하는 소리를 냈다.

"그래서 고양이들이 원하는 게 뭐야?"

"그 사람이 다가올 때 기름 냄새가 날 거예요. 냄새가 나면 큰 소리로 짖어주시면 돼요. 고양이들이 그와 불에 대항할 마지막 시간을 벌게 될 거예요. 운이 좋다면, 당신들의 소리를 듣고 사람이 와서 침입자를 발견하게 될지도 모르죠."

"우리가 왜 그래야 하지?"

"네?"

"네 말대로라면 그 남자는 너희들이 있는 B2 구역에 불을 지를 것이고, 거긴 우리와 꽤 멀리 떨어져 있어. 많은 고양이가 죽게 되겠지만 우린 별 피해가 없을 거야. 그런데 왜 우리가 너희를 도와야 하지?"

난 말문이 막혔다. 이런 위기를 전하기만 하면 도와줄 거라고 여겼던 건 단순한 생각이었다.

"여기 대부분의 개는 고양이를 별로 좋아하지 않아. 어릴 적부터 고양이와 한 공간에서 생활했던 난 좀 다르지만. 이들을 설득하려면 '이유'가 필요해. 왜 우리가 너흴 도와야 하냐고?"

아롱이의 말은 틀린 게 아니었다. 단순히 부탁한다고 해결할 수 있는 게 아니었다. 모든 개가 납득할 만한 이유를 말해야 했다. 모든 개가 품고 있는 뭔가를 건드려야 했다.

"어…… 그건…… 당신들이 우릴 도와달라는 게 아니에요."

"뭐?"

"그저 당신들의 집을 지켜달라는 거예요. 우리 고양이가 머무는 곳도, 당신들의 집 울타리 안에 있잖아요. 당신들은 개잖아요. 집을 지키는 데 이유가 필요한가요?"

아롱이는 매서운 눈으로 나를 잠시 노려보았다.

"하하하." 그는 크게 웃음을 터뜨렸다. "어릴 적에 함께 살던 고양이 고운이 아주머니가 생각나는군. 우리 중 누구도 고운이 아주머니를 말로 이기지 못했지."

"그럼 도와주시는 건가요?"

"아니, 너흴 돕는 게 아니지. 우린 그저 우리 집을 지키는

데 최선을 다할 거야."

"고마워요!"

아롱이는 구석에 앉아 있던 덩치 큰 개에게 그들의 말로 내가 한 얘기를 전하는 것 같았다. 잠시 후 그 개가 일어서 더니, B3 구역이 떠나갈 정도로 큰 소리로 짖었다. 그러자 다른 개들도 한동안 따라서 짖었다. 아롱이가 내게 말했다.

"여기 철이 형님이 얘기하면 다른 개들은 웬만하면 다 따르지."

난 감사의 표시로 이제 막 엎드린 철이에게 다가가서 볼 에 그루밍을 해주었다. 철이는 혓바닥을 내며 낑낑거렸다.

"간지럽대."

내가 멈추자, 철이는 침이 질질 흐르는 혓바닥으로 내 머리를 핥기 시작했다. 내 머리털은 흠뻑 젖었다. 난 기분이 썩 좋지 않아서 아롱이 뒤쪽으로 피했다.

"하하. 철이 형은 네게 호감을 보이고 있는 거야. 이제 그만하라고 할게."

"이제 가봐야겠어요."

"행운을 빈다. 냄새를 감지하면 힘껏 짖으마. 다치지 않길 바란다."

난 축사 위로 풀쩍 뛰어올랐다. 그러자 아롱이가 말했다.

"그 고양이 아주머니에게도 안부 전해줘. 이곳으로 오는 차에 태워졌을 때, 난 작은 강아지였어. 너무 무서웠지. 심장은 뛰고 오줌만 싸댔었지. 그때 그 아주머니가 어둠 속에서 내게 말을 걸어줬어. 날 안심시켜줬지. 목소리뿐이었지만, 내가 여기서 지내는 데 큰 힘이 됐어."

난 B3 구역에서 나오자마자 관리사가 던진 그물에 붙잡혔다.

내가 그 일을 해냈다는 게 기뻤다. 이게 우리들의 운명을 얼마나 바꿔놓을지 모르겠지만, 우리를 덮쳐올 위험에 작은 구멍이라도 냈기를 바랐다.

제리는 항상 이기지

제리가 예상한 그날 아침에 눈을 뜨자 심장이 두근거렸다. 커다란 눈덩이가 점점 커지면서 우리 쪽으로 굴러 내려오고 있는 것 같았다. 불에 대비하라는 제리의 말은 B2 구역의 모든 고양이들에게 전해졌다. 그리고 제리는 모든 고양이들에게 사과의 말을 전했다. 고양이들은 그 상황을 있는 그대로 받아들이고 있었다.

"영감 잘못이 아니야. 고양이를 죽이는 그 인간이 나쁜 거지. 고양이를 해치려는 사람들은 주변에 늘 있었어. 이제 우리 차례가 된 것뿐이야."

몇몇 고양이들은 전날부터 물로 케이지 안의 헝겊을 적

시기 시작했다. 채운 지 얼마 안 됐는데 물이 남아 있는 물그릇이 하나도 없어서 관리사는 의아해했다.

"날씨가 좀 풀리긴 했나 보군. 어제 오늘 물을 잘 마시네."

덕분에 관리사는 물을 넉넉하게 보충해주었다. 그 물은 헝겊의 나머지 부분을 적시기에 충분했다.

시간은 평소보다 빠르게 흘러갔다. 테라스 밖의 물소리도 더 격렬하게 들렸다. 고양이들은 말수가 줄었다. 비장한 얼굴로 생각에 잠겨 있었다. 저마다 추억을 떠올리고 있었을 것이다. 마지막이 될지도 모르는 순간을 기다리면서 삶을 정리하고 있었겠지. 제리와 미키와 나처럼. 해가 가장 높은 곳에서 좀 기울었을 때, 우린 머리를 맞대었다. 제리가 먼저 이야기를 꺼냈다.

"아웃렛, 오늘 밤 네가 할 일이 있어."

"뭐든지 시켜만 주세요."

"그 남자는 나를 찾아올 거야. 나를 이 케이지에서 꺼내려고 하겠지. 엊그제 네가 케이지를 빠져나갈 때와 똑같은 상황이 될 거야."

"그때처럼 넌 빠져나가는 거야."

미키가 제리의 말을 받았다.

"그러곤요?"

"그러고는 무슨, 전속력으로 이곳을 벗어나는 거지."

미키가 말했다.

"잠깐만요, 저보고 도망을 치라는 얘긴가요?"

"아웃렛, 우린 모두 선택의 여지가 없는 위험에 처할 거야. 그 안에서 선택지가 있다는 건 행운이지. 박하맨이 이케이지의 문을 열고 날 꺼낼 동안, 단 한 마리의 고양이는 이곳을 빠져나갈 수 있어. 우리의 유일하고도 최고의 선택지인 셈이지."

제리는 당연하다는 듯 차분하게 말했다.

"아니, 싫어요. 어떻게 저만…… 그건 안 돼요."

그 순간, 내 눈앞엔 환영처럼 잿더미가 된 이곳이 펼쳐졌다. 타다 남은 건물의 검은 잔해들이 새벽을 더 어둡게 만들고 있었다. 질식할 것 같은 연기가 주변에 자욱하고 아직 남은 불티와 잿빛 재가 공간을 떠다녔다. 사그라들지 않은 열기는 먼 곳까지 전달되어 털을 바짝 말렸다. 고양이들이 쓰러져 있고 그 곁에서 내가 홀로 앉아 울고 있었다.

그때 묵직한 것이 내 어깨를 짓눌렀다. 정신을 차리고 보니, 미키가 내 어깨에 앞발 하나를 올리고 있었다.

"아웃렛, 내 다리가 성했다면 내가 나갔을 거야. 네게 기회를 넘기지 않았을 거라고. 그에게 완전히 질 수는 없잖아."

미키의 말이 끝나자 제리는 다시 한번 나를 설득했다.

"아웃렛, 어떤 기회는 받는 존재 말고 주는 존재에게 더 절실한 법이야. 이건 너만을 위한 일이 아니야. 우리가 우리 자신에게 주는 마지막 선물이야. 죽으면서도 다행이라고 말할 수 있는 단 하나의 것을 만들어두고 싶은 거야."

제리와 미키의 눈이 빛나고 있었다. 그들은 자신들이 할 수 있는 가장 가치 있는 일을 하려는 참이었다. 나는 감히 거역할 수가 없었다.

"네, 그럴게요."

우리의 오후 시간도 소나기처럼 지나갔다. 관리사가 저녁 식사를 챙겨주고는 무슨 약속이라도 있는 듯 황급히 밖으로 나갔다.

"오늘일까요?"

"B3 구역 친구들이 알려주겠지."

제리가 말했다.

"만약 오늘이 아니라면? 수요일이 아닐 수도 있지. 우리 생각대로 오라는 법도 없잖아?"

미키가 앞발로 얼굴을 닦으며 말했다.

"그렇다면 우리에겐 대비할 최소한의 기회도 없다는 것. 가혹한 운명을 받아들여야겠지."

"영감, 변수는 많아. 그가 갑자기 설사병이 나서 하루 종일 화장실을 들락거려야 했다면?"

"끔찍한 냄새까지 달고 오겠지."

"기름을 미처 사지 못해서……."

"자기 옷을 벗어서 태우겠지. 그만해, 미키."

"맞아, 영감. 싸우는 수밖에 없지. 아무런 상처를 주지 못하더라도 말이야. 근데 말이야, 오다가 어떤 여자를 보고 한 눈에 반했다면……."

"정말, 미키! 그건 좀 괜찮은데? 그를 멈출 브레이크는 사랑밖에 없어."

제리와 미키는 평소처럼 농담을 주고받았다. 어쩌면 그들의 계획은 그 남자와 불을 이기는 게 아닐지도 모르겠다. 내게 그들의 영혼 한 조각을 실어놓고 날 먼 바다로 밀어내는 것일지도.

어쨌든 그 시간은 왔다. 풀벌레 소리가 커지고 있었다. 방 안에 긴장감이 흘렀다. 고양이들은 케이지에 붙어 앉아 건물 바깥의 조명에서 흘러드는 은은한 빛을 응시했다. 박하맨은 설사병에 걸리지도, 사랑에 빠지지도 않았다. B3 구역에서 불꽃이 타오르듯이 개 짖는 소리가 솟아올랐다. 아직 우리의 코에 기름 냄새는 나지 않았다.

"오늘이다!"

제리가 외쳤다.

"자, 모두들 불꽃놀이를 대비하자고!"

미키의 목소리가 방 안에 쩌렁쩌렁 울렸다.

고양이들은 아껴두었던 물 전부를 헝겊에 쏟아부었다. 개들의 경고로 번 시간을 각자의 케이지 안에서 불을 대비하는 일에 쓸 수 있었다.

제리는 나와 미키를 한 번씩 길게 핥아주었다. 미키도 내 볼을 길게 핥으며 말했다.

"애송이, 될 수 있는 한 멀리, 빠르게 달려."

"아웃렛, 어쩌면 끔찍한 기억이 될 수 있겠지만, 이 모든 일을 기억해. 그 기억들이 너를 너답게 만드는 거야. 기억으로부터 도망치지 마. 너의 원래 이름을 되찾길 바란다."

제리가 말했다.

그 순간, 내 머릿속엔 집사님이 불러주던 내 이름이 떠올랐다. 그리워 미칠 것만 같아서 버렸던 그 이름. 난 제리의 귀에 내 원래 이름을 속삭였다. 제리는 나를 향해 웃으며 고개를 끄덕였다. 언제까지나 기억하겠다는 듯이.

"준비."

제리는 케이지의 한구석으로 들어가 앉았고 난 그 반대편에 자리를 잡았다. 기름 냄새가 희미하게 풍겨왔다. 이어서 구둣발 소리가 들려왔다. 탁…… 탁…… 탁……. 그는 천천히 다가오고 있었다. 발소리가 멈추더니 문이 열렸다. 그가 방 안으로 한 발짝 들어왔을 때, 손에 하얀 기름통이 들려 있는 걸 볼 수 있었다. 그는 문 옆에 기름통을 내려놓고는 통로를 걸어 우리에게 다가왔다. 그는 낚시 모자를 쓰고 자주색 후드티를 입고 있었다.

"제리, 제리. 어디 있니?"

그는 케이지를 일일이 들여다보며 제리를 찾았다. 그가 보고 지나간 케이지의 고양이들은 젖은 헝겊 위에 납작 엎드렸다. 박하맨이 불을 붙이면 헝겊 아래로 들어갈 것이었다. 고양이들은 사전에 훈련한 대로 했다.

박하맨이 드디어 우리가 있는 케이지 앞에 멈춰 섰다. 남자는 고개를 옆으로 45도 정도 기울이고 케이지의 구석을 노려보았다. 그의 입가에 길고 날카로운 미소가 걸렸다.

"제리, 여기 있었구나. 왜, 무서워? 구석에서 좀 떨고 있는 것처럼 보이는데. 내 약속을 지키려고 왔어."

제리는 이빨을 드러내고 위협하며 허공에 헛손질을 했다.

B3 구역에서 타오르던 개 짖는 소리는 꺼질 줄 모르고 계속 이어졌다. 그 소릴 듣는 사람은 없는 것 같았다. 아무도 오지 않았다.

박하맨이 케이지에 손을 갖다 댔다. 난 긴장한 채 바짝 자세를 낮추었다. 케이지가 열리고 장갑을 낀 그의 손이 천천히 들어왔다. 손은 제리를 향해 뻗어나갔다. 제리는 자세를 흐트러뜨리지 않고 그를 조용히 바라보았다. 그의 손이 제리의 털에 닿았다. 그 순간 난 바닥을 박차고 나갔다. 그의 팔은 케이지 입구의 절반을 막고 있었지만 내가 통과할 공간은 충분했다. B3 구역으로 갈 때처럼 입구를 통과해서 바닥으로 뛰어내렸다.

내 움직임에 그가 약간 당황한 것 같았다. 그는 눈으로는 나를 쫓고 있었지만, 손으로 제리의 목덜미를 움켜쥐었다. 난 방문을 향해 달렸다. 반쯤 열린 문 너머에 다른 종류의 어둠이 입을 벌리고 있었다. 어둠으로 들어가기 직전 뒤를 돌아보았을 때, 미키가 박하맨의 팔을 할퀴고 물어뜯고 있었다. 남자는 제리를 쥔 손을 케이지 밖으로 빼냈고, 다른 손으로 케이지를 들어 바닥에 내동댕이쳤다. 미키가 외마디 비명을 지르며 케이지와 함께 바닥에 떨어졌다. 남자는 내가 있는 입구 쪽으로 몸을 돌렸다. 제리의 몸도 내가 있는 쪽으로 함께 돌려졌다. 제리는 깊은 눈으로 날 응시했다. 그러곤 내게 앞발을 들어 보였다. 아웃렛, 뛰어! 나는 몸을 돌려 문밖으로 뛰어나갔다.

보호소의 담을 넘으니, 풀이 무성한 들이 한참 이어졌다. 있는 힘껏 달렸다. 누구라도, 사람을 만나야 했다. 그들을 보호소로 이끌어야 했다. 보호소가 보이지 않을 정도로 멀어졌을 때, 보호소가 있던 지평선 너머의 하늘로 노을 같은 붉은 빛이 비쳐들었다. 시간이 없었다. 누구에게라도 불이 났다는 사실을 알려야 했다. 근처엔 사람들의 집도, 흔적도 없었다. 제리와 미키의 얼굴이 떠올라서 눈물이 났다.

고양이들은 물에 적신 헝겊 속에 기어들어 가서 구조의 발소리가 날 때까지 버티기를 시작했을 것이다. 나밖에 없다. 난 계속 달리면서 생각했다.

'이대로 나만 살아남는다면 무슨 소용인가. 내 마음은 영원히 보호소의 케이지 속에 갇힌 채 살아갈 것인데. 제발, 제발 누구라도 나타나주길. 제발, 제발 모두 버텨주길.'

비포장 길을 지나 작은 도로로 올라왔을 때 헤드라이트를 켠 차가 내 얼굴에 빛을 쏘며 지나갔다. 난 그 순간 내가 할 일을 깨달았다. 이곳을 지나는 건 차밖에 없었다. 차를 세워야 했다. 차에 탄 사람들에게 타오르는 보호소를 보여

줘야 했다. 마침 저 앞쪽 곡선 도로를 돌던 빛이 각도를 바꾸어 내가 있는 쪽으로 달려오는 게 보였다. 아웃렛에서는 사람들의 이목을 끌기 위해서, 먹이를 얻기 위해서 자동차 위에 뛰어 올라갔지만, 이제 친구들을 살리기 위해서 자동차 위로 올라야 했다.

"멈춰주세요!"

난 차의 정면에 서서 다가오는 빛을 향해 있는 힘껏 뛰었다. 내가 공중에 떠 있는 동안 빛이 나의 몸을 훑고 지나갔다. 빛을 벗어나자, 차 안에 있는 사람들의 모습이 보였다. 그 잠깐 동안 난 그들과 눈이 마주쳤다. 차창으로 갑자기 달려드는 나를 보고 사람들의 입과 눈이 커졌다. 앞 유리창에 부딪힐 때, 둔탁한 충격이 내 몸을 덮쳤다. 차가 급정거하는 소리가 들렸을 때 내 몸은 공중으로 붕 떠서 두어 번쯤 뒤집히길 반복하다 길가에 떨어졌다.

집사님의 자전거 바구니에서 튕겨나갔을 때, 난 세상과 우주의 변방으로 한없이 밀려났다. 차에 부딪히며 튕겨나갈 때, 난 친구들의 세계로, 우주로 진입하려고 했다. 성공할까.

몸을 움직일 수가 없었다. 차 문이 열리는 소리가 들려왔다.

"뭐야! 고라니야?"

여자가 말했다.

"얼핏 고양이 같았는데?"

내게 다가온 남자가 말했다.

부부로 보이는 두 사람이 나를 내려다보았다. 난 울음을 울었다. 목소리가 제대로 나오지 않았다. 남자가 앉아서 나를 살피며 말했다.

"왜 차로 뛰어든 거지? 자동차 불빛 때문인가?"

"여보, 저기 봐. 저거 뭐야?"

여자가 노을처럼 붉은 빛이 번진 동물 보호소 쪽 하늘을 가리켰다.

"저거, 불 난 거 아니야?"

"그런가 봐."

"핸드폰 줘봐. 사이렌 소리가 안 들리는 걸 보면 아직 신고가 안 됐나 봐. 빨리 신고해야겠네." 통화음이 이어지는 동안 남자가 덧붙였다. "자기는 고양이 좀 옮겨봐. 차에 박스랑 수건 있어."

난 그 말을 들으면서 정신을 잃었다. 긴 꿈에서 제리와 미키를 만났다. 제리는 내게 말했다.

"널 보내서 다행이야. 우리가 가장 잘한 일이야."

"어쩌자고 차로 뛰어든 거야? 내 꼴이 되고 싶었던 거야? 그렇지만 애송이, 넌 용감했어. 생각했던 것보다 훨씬 더."

미키가 말했다.

"어떻게 됐어요? 그를 이겼나요? 불을 이겼나요?"

"물론이지, 아웃렛. 너, 제리를 몰라? 제리는 항상 이기지. 제리는 힘에도 덩치에도 눌리지 않아. 그러라고 우리 집사님이 지어준 이름이지."

"미키는 어떻고. 주인공이 아닌 적이 없었어."

난 안심이 되었다. 제리와 미키는 평소처럼 웃었다. 그러고 제리는 나의 왼쪽 볼을, 미키는 내 오른쪽 다리를 핥아주었다. 잠시 잠깐 눈을 감았다 뜬 순간, 그들의 뒷모습이 보였다. 그들은 저만치 앞서서 걸어가고 있었다. 꿈속의 미키는 다리를 절지 않았다.

"영감님, 아저씨, 어디 가요?"

난 그들의 뒤에 대고 그렇게 소리치다가 잠을 깼다. 난 푹신한 잠자리에 누워 있었다. 그곳은 병원이었다. 내 왼쪽 볼과 오른쪽 다리에 통증이 느껴졌다. 제리와 미키가 꿈속에서 그루밍을 해줬던 감각도 함께 느껴지는 것 같았다.

그때는 한밤중이었다. 내 주변엔 아무도 없었다. 벽시계가 재깍재깍 움직이는 소리만 들려왔고, 공기 중엔 소독약 냄새가 떠돌고 있었다. 꽤 오랜만에 온전히 혼자였다. 아웃렛 주차장이 떠올랐다. 그때처럼 외롭진 않았다. 내 마음에 제리와 미키의 흔적이 너무나 크고 강렬하게 남아 있어서, 그들과 함께 있는 것처럼 느껴졌다. 그들은 지금 어디에 있을까. 내일이 되면 내 궁금증이 해결되겠지? 날이 밝으면 보호소로 가서 그들을 만나게 되겠지.

대화방

제리와 미키를 꿈에서 본 새벽을 지나 한낮에 눈을 떴을 때 난 깜짝 놀랐다. 많은 사람들이 나를 둘러싸고 있었기 때문이다. 난 갑자기 긴장이 되어서 일어나려고 했다. 오른쪽 다리에 딱딱한 걸 둘러놓아서 일어서기 쉽지 않았다.

"쉬, 아직 일어나지 마."

하얀 가운을 입은 중년의 여자가 손으로 내 몸을 가볍게 눌렀다. 그러고는 사람들을 향해 돌아섰다. 사람들 중엔 동물 보호소의 소장도 있었다. 그녀는 사람들에게 설명했다.

"생명에는 지장이 없습니다. 오른쪽 다리와 왼쪽 볼, 그리고 일부 장기가 손상을 입었습니다. 장기에 출혈이 있었지만 지금은 안정된 상태고, 오른쪽 다리뼈가 부러져서 영구 손상이 예상됩니다. 왼쪽 볼의 상처도 심해서 큰 흉터가 남을 것으로 예상됩니다."

"고양이가 언제쯤 퇴원이 가능할까요?"

점퍼를 입은 남자가 물었다. 처음 보는 얼굴이었다.

"퇴원은 다음 주라도 가능하지만, 안정을 취할 수 있는 보금자리가 있어야겠지요." 의사가 보호소 소장을 돌아보며 말했다. "아직 동물 보호소에서 지내기엔 무리가 있을 것 같습니다."

소장은 그 말에 고개를 끄덕였다.

"잠시 사진을 찍어도 될까요?"

아까 질문을 했던 남자가 말했다.

"네, 가능합니다."

의사가 옆으로 비켜주자 커다란 카메라를 든 다른 남자가 옆에서 나와서는 카메라를 들이대고 날 찍기 시작했다.

예전에 집사님이 사진을 찍어줄 땐 꼭 어떻게 하라고 알려주었다. 고개를 들어봐, 앞발을 기도하듯이 모아봐, 그래, 그렇게. 이거 냄새를 맡아봐, 세수를 해봐, 하며 사진을 찍어주었다. 난 집사님의 요청에 따라 나름 열심히 포즈를 취했었다. 집사님은 사진을 찍고 나서 만족스러운 표정으로 말하곤 했다. "딱 좋아."

사진을 찍는 그 남자는 내게 아무런 요구도 하지 않았다. 그저 멀뚱멀뚱 바라만 보는 나를 계속 찍기만 했다. 왜 내 사진을 찍는지도 알 수 없었다. 대체 그들은 누구인지, 난 언제쯤 제리와 미키를 만날 수 있는지 누구도 알려주지 않았다.

하루도 지나지 않아서 그들이 내게 보이는 관심의 이유를 알 수 있었다. 수의사와 간호사 사이의 대화를 통해서 말이다. 난 그사이에 꽤 유명해져 있었다. 신문 기사에도 나왔다니.

사진을 찍는 남자가 다녀간 후, 더 큰 카메라를 든 사람도 다녀갔다. 그들은 얼굴에 반창고를 붙이고 다리엔 붕대를 둘둘 감은 나를 찍어 갔다. 다음 날, 간호사가 날 안고는 어딘가로 갔다. 병원 대기실이었다.

"나오고 있네. 야옹아, 잘 봐. 네 모습이야."

TV 화면에 내가 나오고 있었다. 난 누워서는 코를 벌름거리고 있었다. 병실에 온 사람들의 냄새를 맡으려고 했던 모양이었다. 눈동자를 굴리며 어색하게 두리번거리는 모습에서 불안이 보였다. 그 모습이 꼭 아웃렛의 생쥐 같다고 생각했다.

내 모습이 나오고 나서 수의사가 나와 내 상태를 말했다. 그러곤 화면이 바뀌더니, 그날 밤 내가 뛰어올랐던 차에 타고 있던 부부가 나왔다. 남자가 말했다.

"고양이가 갑자기 차로 뛰어들었어요. 차로 치고 말았지요. 땅바닥에 누운 고양이는 가르릉거리면서 앞발로 어딘가를 자꾸 가리켰습니다. 우린 그쪽을 봤고 불이 난 걸 발견했죠. 그래서 바로 신고했어요. 고양이가 알려준 거죠. 친구들이 있는 곳에 불이 났다는 걸 말이에요."

그는 내 의도를 정확하게 말했다. 하지만 내가 앞발로 그곳을 가리켰다는 건 그가 지어낸 말이었다. 난 그때 손가락 하나 까딱할 수 있는 상태가 아니었다. 남자의 인터뷰에 이어서 우리 방의 관리사가 화면에 나왔다.

"우리 보호소에서 보호하던 고양이가 맞아요. 소방차가 그렇게 일찍 오지 않았다면, 더 많은 동물들이 죽을 수도 있었어요. 고양이가 은혜를 갚은 걸로 봐도 되지 않을까 싶어요."

'더 많은 동물들이 죽을 수도 있었다고? 죽은 동물이 있다는 얘긴가. 그들에 대한 이야기는 왜 없는 거지?'

이내 화면이 스튜디오로 바뀌었다. 두 사람이 테이블에 앉아 있었다. 귀에 작은 기기를 낀 젊은 남자가 머리가 하얗게 센 늙은 남자에게 말했다.

"허성만 형사님, 반갑습니다. 지금은 은퇴하신 지가?"

"작년 말에 했습니다."

"그렇군요. 동물 보호소 화재에 대해 하실 말씀이 있다고 들었습니다. 방화범과 그곳에 살던 한 고양이 사이에 인연이 있다면서요?"

"인연이라기보다 악연이라고 해야 정확하겠지요."

그때 간호사가 나를 사뿐히 들어 안고는 병실로 돌아왔다.

"야옹아, 이제 밥 먹을 시간이야."

범인은 밝혀진 것 같았다. 제리와 박하맨과의 관계도 드러난 것처럼 보였다. 내 유일한 관심사는 제리와 미키였다. 그들은 지금 어디 있는지.

*

병원에서 밤이 되면 집사님이 했던 얘기가 떠올랐다. 결국 나을 병이니, 앞으로 좋아질 일만 남은 거라고 생각하며 병원 밖의 희망을 꿈꿨다는 이야기가. 나도 좋아질 일, 희망을 생각하려고 애썼다.

며칠이 지나고 나는 이동용 케이지에 실려 동물 병원 밖으로 나갔다. 쭉 나를 돌봐주었던 간호사가 동행했다. 어디로 가는 것일까. 차는 꽤 오래 달렸다. 가는 동안 풍경이 많이 바뀌었다. 도시의 빌딩들, 낮은 상점들이 있는 동네, 멀리 산이 보이는 들판, 반짝이며 흐르는 강물. 여러 배경을 지나 도착한 곳은 나무가 많은 작은 마을이었다.

플라타너스가 늘어선 마을의 진입로를 지나자 현대식으로 지은 집들이 드문드문 나타났다. 풀 내음과 밭에 뿌려둔 거름 냄새를 맡았다. 차는 큰 유리창이 빛나는 이층집으로 천천히 들어갔다. 그 집의 넓은 마당엔 세 사람이 서 있었다. 간호사는 조심스럽게 케이지를 들고 차에서 내렸다.

"먼 곳까지 오시느라 수고 많으셨어요."

세 사람 중 여자가 간호사에게 말했다. 세 사람의 머리 위로 햇살이 쏟아지고 있었기에 난 눈이 부셔서 그들을 똑바로 쳐다볼 수 없었다.

"저희 병원으로 연락을 주셔서 놀랐어요. 고양이를 위해서 이렇게 애써주신다니 감사합니다. 새로운 집사를 찾을 때까지 수고 부탁드립니다."

"네, 새로운 집사를 찾지 못하면 저희가 계속 돌볼 생각도 하고 있습니다."

여자 뒤에 서 있던 남자가 불쑥 앞으로 나와서 케이지를 건네받으며 말했다.

남자의 말을 듣고는 왈칵 눈물이 났다. 내 몸은 다 부서지고 얼굴은 흉터로 엉망이 된 상태였다. 오랜 피부병으로 털은 듬성듬성한 지 오래다. 이제 절뚝이며 걷는 신세가 되었다. 이들은 누구기에, 귀엽지도, 예쁘지도 않은 나 같은 고양이를 받아들이기로 한 것일까. 집사에게 길들여지길 기다리는 귀여운 아기 고양이가 얼마나 많은데. 기쁨과 혼란이 한꺼번에 머릿속을 가득 채울 즈음, 간호사가 내 마음을 알아채기라도 한 듯 물었다.

"근데, 왜 이 고양이를 돌봐주시기로 했는지 여쭤봐도 될까요? 보통 사람들은 이런 고양이를 찾지 않아요. 동물 보호소에서도 상태가 나쁜 편에 속하거든요."

그때 어딘지 귀에 익숙한 목소리가 들려왔다.

"몸이 부서지고 망가졌다고 마음이 그런 건 아니에요. 전 아웃렛의 마음을 볼 수 있어요. 친구거든요."

그 목소리의 주인공은 케이지 문을 열고 나를 조심스럽게 꺼내 안았다. 준희였다! 몇 달 사이, 준희는 키도 자랐고 목소리도 더 굵어져 있었다.

"이 고양이 이름이 아웃렛이라는 말인가요? 전부터 알던 고양이인가요?"

간호사가 물었다.

"네, 맞아요. 얘는 아웃렛이에요. 동물의 마음을 처음 알게 해줬던 고양이죠."

소년이 나와 눈을 맞추며 말했다.

"우린 우연히 아웃렛에 갔다가 이 길고양이를 처음 보았어요. 그때 이 고양이를 통해서 준희의 능력을 처음 발견했어요. 그땐 아이가 상상하는 줄로만 알았어요. 동물들과 진짜 소통하는 줄은 몰랐거든요. 아웃렛은 준희의 첫 동물 친구고, 우리에겐 아들의 재능을 알게 해준 고마운 존재랍니다."

소년의 엄마가 말했다.

동물 병원 차는 떠났고 우린 집 안으로 들어갔다. 준희는 거실 한쪽에 미리 마련해둔 폭신한 이불이 깔린 바구니에 나를 내려놓았다. 새 이불솜 냄새가 났다. 바구니 옆엔 천장까지 이어지는 캣타워가 있었다.

준희는 바구니 앞에 앉았다. 큰 눈을 두어 번 끔뻑거리더니 내 눈을 지그시 바라보았다. 준희의 눈을 보는 순간, 내 머릿속에 팟 하고 불이 켜지는 느낌이 들었다. 주변의 풍경은 어느새 사라지고 우린 벽이 온통 초록색인 작은 방에 함께 앉아 있었다.

"여기가 어디지?"

내가 혼잣말로 중얼거렸다.

"여긴 우리가 서로의 말을 들을 수 있는 방이야. 내가 만들었어. 여긴 우리 둘뿐이야."

준희가 대답했다.

"제 말을 알아듣나요? 아니, 어떻게."

"아웃렛에서 너와 처음 만나고 나서 내게 동물과 대화할 수 있는 능력이 있다는 걸 깨달았어. 여러 동물과 대화하려고 집중했더니, 몇 달 사이에 마음에 이런 방을 만들 수 있게 됐어. 어떤 동물의 말이든 통하지."

"이런 게 가능하다니, 신기해요. 당신의 능력을 사람들이 알고 있나요? 아까 간호사도 아는 눈치던데요."

"맞아, 마음이 아픈 동물들이 나오는 TV 프로그램에 나갔었어. 동물들의 말을 들어주고 동물과 함께 사는 사람들에게 그 말을 전해주었지. 그 프로그램 덕에 좀 유명해졌어."

"어쩐지. 그때 제 마음을 다 알아차리는 것 같아서 놀랐어요. 그 뒤로 당신을 자주 생각했어요."

"나도 그래. 널 많이 찾았어. 네가 떠난 후에도 아웃렛에 다섯 번쯤 더 갔을 거야."

"떠날 수밖에 없었어요. 제가 떠나기 직전에 당신이 오는 걸 봤어요. 내 모습이 너무 부끄러워서 나서지 못했죠. 지금은 그때보다 더 심각해졌지만요."

"네 모습은 상관없어. 난 너와 이야기할 때 따뜻한 기분을 느꼈어. 사람들이 늘 그리는 봄의 느낌이 있다면 이런 것일 거야, 하고 생각했어."

"궁금한 게 있어요. 아직 제가 듣지 못한 소식이 있어요."

"혹시…… 동물 보호소에 관한 거니?"

"네."

"우리에겐 시간이 많아. 긴 얘기가 되겠지만 우린 충분히 이야기를 나눌 수 있어. 내가 아는 건 다 말해줄게."

놀랍게도 어느새 우리가 있는 배경이 바뀌었다. 내가 꿈을 꾸는 것일까? 실감이 나지 않았다. 준희를 만났으니, 다음은 제리와 미키 차례겠지. 난 지쳤지만, 기대를 품을 힘은 남아 있었다.

보호소의 끝

햇살이 거실로 들어왔다. 난 눈을 뜨고 주변을 둘러봤다. 내 밑에 깔린 깨끗한 이불에선 여전히 고소한 낙엽 냄새가 났다. 준희가 사료를 들고 다가왔다. 그는 사료를 내 그릇에 채웠다. 난 밥을 먹지 않고 준희를 바라보았다.

"음, 그 얘길 먼저 듣고 싶다는 거지?"

난 먀옹, 하며 울었다.

준희는 내 눈을 깊이 들여다보았다. 곧 대화방이 만들어 졌다. 이번엔 방 가운데에 두 개의 의자가 있었다. 준희가 의자 하나에 앉았고 나도 맞은편 의자에 뛰어올랐다.

"자세히 듣고 싶겠지? 그날 일에 대해서."

"맞아요. 모든 걸 알고 싶어요."

"지난주에 받은 전화 얘기부터 해야겠구나."

목요일 오후, 그러니까, 그 일이 있고 난 다음 날이었다. 준희 엄마는 하교한 준희에게 전화 한 통이 걸려왔다는 이야기를 전했다.

"준희야, 경찰서라던데 네 도움이 필요해서 전화했다더구나."

"도움이?"

"응. 어제 불이 났던 동물 보호소에 관한 얘기였어. 괜찮겠어? 엄마는 네가 경찰서 같은 데까지 가서 그 일을 해야 하나 싶어서, 가겠다고 하진 않았어."

"거기 동물들을 돕는 일이겠지? 가고 싶어."

다음 날 오전, 준희는 아빠와 함께 차로 한 시간 반쯤 달려서 경찰서로 갔다. 준희 엄마에게 전화를 걸었던 김 경장이라는 사람이 경찰서 입구에서 준희를 맞아주었다. 잠시후 백발이 성성한 남자가 그들 앞에 나타났다. 김 경장이 준희와 준희의 아빠에게 그 남자를 소개했다.

"이쪽은, 작년에 은퇴하신 허성만 형사세요. 이번 동물보호소 방화 사건과 연관된 사건을 전에 맡은 적이 있어서 조언을 해주고 계세요."

"안녕하세요. 저는 준희 아빠예요."

준희 아빠가 허 형사와 악수를 하고서 준희와도 인사를 했다.

"준희 군의 활약은 TV에서 봤습니다. 오시느라 고생 많으셨습니다."

"저쪽에 차가 있습니다."

김 경장이 그들을 경찰차로 안내했다. 차로 이동하면서 김 경장이 말했다.

"우린 중요한 걸 알고 있는 고양이를 만나러 갑니다. 물론 이건 비공식적인 수사 활동이지만 준희 군의 알려진 능력을 감안한다면 중요한 참고 자료가 될 것입니다."

"동물 보호소 화재와 관련이 있다고 들었는데요. 범인을 찾는 일인가요?"

준희의 아빠가 물었다.

이번엔 허성만 형사가 대답했다.

"동물 보호소 화재의 범인은 이미 밝혀졌습니다. 우리가 알고 싶은 건 범행 동기입니다. 범인은 예전에 일어났던 폭행 사건의 용의자였습니다. 공교롭게도, 그 피해자의 고양이가 동물 보호소에 있었고요. 두 사건의 관련성을 확인할 수 있는 근거가 필요합니다. 물론 준희 군과 가족의 안전을 고려해서 준희 군의 활동은 비밀에 부칠 겁니다. 단지 고양이가 본 것을 확인하기만 하면 됩니다."

차는 한 동물 병원 앞에 멈췄다. 허성만 형사가 앞장서서 동물 병원의 문을 열고 들어갔다. 병원으로 들어간 일행은 젊은 수의사를 따라서 병원 안쪽에 있는 입원실로 들어갔다. 수의사는 온몸에 붕대를 감고 누워 있는 샴 고양이 앞에 멈춰 섰다. 몇 가닥의 링거 줄이 고양이에게 연결되어 있었다. 딱 봐도 고양이의 상태가 좋지 않아 보였다. 제리였다. 허성만 형사가 고양이 침대에 다가갔다.

"야옹아, 나 기억하니?"

제리의 눈이 커졌다. 허성만 형사를 보고는 작은 소리로 야옹, 하고 울었다.

"날 알아보는구나. 많이 아프지? 네가 갑자기 사라져서 많이 찾았었어. 어떻게 거기까지 가게 된 거야?"

제리는 더 이상 울 힘도 없어보였다. 입을 벙긋거리기만 했다.

"다친 정도가 심해서 오래 버티긴 힘들 거예요. 이 나이에 지금까지 버틴 것도 대단한 겁니다."

옆에서 수의사가 말했다.

"허 선배, 준희 군이 고양이와 대화할 수 있게……."

김 경장이 말했다.

허성만 형사는 금방이라도 울 듯한 표정을 하곤 한쪽으로 물러섰다. 준희는 제리에게 다가가서 제리의 눈을 볼 수 있는 곳에 섰다. 제리와 눈을 맞추고 천천히 깜빡이며 인사를 건넸다. 제리도 인사를 건네는 찰나, 둘은 준희가 만든 방에 들어와 있었다.

사각의 방에는 소파가 있었다. 벽은 하얀빛이었다.

"너에게 의미 있는 소파인가 봐. 방에는 보통 동물들에게 의미 있는 물건이 놓이게 되지."

준희가 말했다.

"첫 집사님과 함께 앉곤 하던 소파죠. 여기 앉아서 대화를 많이 나누었어요. 우린 그 시간을 좋아했죠. 좋은 능력을 가졌군요."

제리가 말했다.

"고마워. 내가 옆에 앉아도 될까?"

"얼마든지요. 등을 살살 쓰다듬어주면 옛날 생각이 날 것 같네요."

"고양이 등 쓰다듬는 거 좋아해."

준희는 제리와 오래 대화를 나누었다. 제리는 처음부터

모든 걸 얘기했다. 제리가 박하맨을 처음 만나게 된 이야기와 어떻게 동물 보호소에 오게 되었는지를. 제리가 동물 보호소에서 만났던 친구들 얘기를 할 때 준희는 깜짝 놀랐다.

"아웃렛이라고? 혹시 온몸이 흰 고양이인가?"

"맞아요. 그러고 보니 당신이 그 소년이군요. 아웃렛이 얘기한 적 있어요. 자기 마음을 다 알아주는 소년을 만난 적 있다고. 함께한 시간과 상관없이 마음을 깊이 주고받는 이가 있죠. 당신과 아웃렛은 서로를 알아보는 행운을 얻었군요."

제리는 그날 밤, 나를 보내고 무슨 일이 있었는지를 말했다. 이야기를 듣는 도중 언제부터인가 준희의 눈에서는 눈물이 나기 시작했다. 방 밖의 누군가로부터 괜찮은지 묻는 소리가 들려왔고, 준희는 괜찮다고 대답했다.

내가 박하맨의 팔과 케이지 문 틈새로 빠져나간 뒤, 박하맨은 제리의 목덜미를 쥐고 케이지에서 끄집어냈고, 미키가 남아 있던 케이지는 땅바닥으로 내동댕이쳤다. 박하맨은 제리의 목덜미를 움켜잡고 방 입구로 걸어갔다. 기름통을 둔 곳에 다다르자, 박하맨은 제리를 눈앞으로 끌어올렸다.

"자, 제리, 잘 봐. 네 친구들이 어떻게 불에 타는지. 불쌍한 고양이들."

— 나 하나면 충분하잖아. 날 죽이라고. 다른 고양이들에게 이렇게 하는 이유를 이해할 수 없어.

제리는 그 말을 외치며 가르릉거렸다.

"이해가 안 된다는 눈빛이군. 난 약속을 잘 지키는 사람이야. 그게 내 방식이지. 난 약속을 우습게 여기는 인간들과는 달라. 네게 했던 약속은 여전히 유효하고 난 그걸 지킬 뿐이야. 그게 나니까."

남자는 다른 한 손으로 기름통의 손잡이를 잡고 입구를 바닥 쪽으로 기울였다. 기름통 입구에서 기름이 콸콸 쏟아져나왔다. 기름은 케이지 사이의 통로로 흘러갔다. 기름 냄새가 방 안에 진동했다. 제리는 앞발을 휘적거리며 남자의 손아귀에서 벗어나기 위해 안간힘을 썼지만 소용이 없었다.

그때였다. 제리의 눈에 미키가 절뚝이며 다가오는 게 보였다. 남자는 기름통과 제리를 신경 쓰느라 미키가 다가오는 걸 알아차리지 못했다. 미키는 잠시 멈춰 선 뒤, 선반의 그림자 속으로 들어가서 몸을 옆으로 눕히고 바닥을 굴렀다. 미키의 몸이 기름으로 흠뻑 젖었다.

"미키, 뭘 하려는 거야?"

제리가 소리를 질렀다.

"영감, 이 자를 멈추려는 거야. 우리 친구들을 구해야지."
미키가 외쳤다.

"아, 이게 뭐야." 박하맨이 미키를 발견하고 노려보았다.
"뭘 모르는 불쌍한 고양이."

남자는 주머니에서 지포 라이터를 꺼냈다. 미키는 재빨리 기름이 없는 쪽의 바닥으로 움직였다. 제리는 그걸 보고 미친 듯이 소리를 질렀다.

"안 돼, 미키! 어서 피해!"

"영감, 내가 끝낼게!"

미키의 외침이 제리의 귀에 가닿는 순간, 남자가 라이터를 미키에게 던졌고 미키는 불길에 휩싸였다.

"멍청한 고양이가!"

그게 끝이 아니었다. 미키는 몸에 불을 달고 남자에게 빠르게 돌진했다. 커다란 불덩이가 남자에게 달려들었다. 남자가 재빨리 뒷걸음질했다. 그는 그러다 한 손에 들고 있던 기름통을 놓쳤다. 어느새 미키가 남자의 바지로 뛰어올랐다. 미키는 세 발의 발톱으로 바지를 단단히 움켜쥐었다. 제리는 불꽃이 된 미키를 내려다보며 울부짖었다. 아주 짧은 순간 동안 일어난 일이었다.

"으아악!"

남자는 미키를 떨쳐내려고 다리를 흔들며 뒷걸음질 치다가 문 밖으로 밀려났다. 방과 붙어 있던 작은 창고까지 몰린 뒤 사료 부대에 발이 걸려 넘어졌다.

　남자의 바지에 불이 붙었다. 미키는 끝까지 남자를 붙들고 늘어졌다. 남자가 걸려 넘어진 사료 부대에도 불이 옮겨붙었다.

　"아악!"

　남자는 제리를 집어던지고는 창고 밖으로 나가서 소리를 지르며 뒹굴었다. 그제야 미키는 남자 몸에서 떨어져나갔다.

　"미키! 미키!"

　제리는 아까보다 불꽃이 잦아든 미키 가까이에 가서 거의 정신이 나갈 정도로 외쳤다. 이미 늦었다는 걸 깨달았다. 제리가 해야 할 일은 분명했다. 제리는 손바닥으로 다리에 붙은 불을 내려치는 남자에게 달려들었다. 박하맨이 얼굴을 공격하는 제리를 떼어내는 동안 다리에서 꺼져가던 불꽃이 되살아났다. 남자는 제리를 들어 불붙은 자신의 다리로 내려쳤다. 제리도, 남자도 곧 정신을 잃었다.

　제리는 정신을 잃기 직전에 화염에 휩싸인 창고를 보았다. 창고 위로 낮게 떠 있던 구름은 붉은 물이 들었고 검은 연기가 끝없이 하늘로 올라갔다. 그리고 어디에선가 사이렌 소리를 들은 것 같았다. 당직실에서 잠이 들었던 할아버지가 헐레벌떡 뛰어왔다. 제리는 타는 냄새 사이로 술 냄새를 맡았다.

"이제 당신이 나에게 알려줄 차례예요. 보호소의 친구들, 어떻게 됐어요?"

제리가 준희에게 물었다.

"창고의 불길이 고양이 방으로 막 옮겨 붙었을 때 소방차가 도착했고 불은 바로 진압되었다고 했어. 다른 고양이들은 무사하대. 너와 미키가 그들을 살린 거야. 그리고,"

"그리고?"

"하얀 고양이 한 마리가 그 시각에 근처 도로를 지나는 차로 뛰어들었어. 그 차에서 내린 사람들이 화재 신고를 했고."

"아웃렛!"

"맞아. 그 고양이가 아웃렛이야."

"혹시, 죽었어요?"

"죽진 않았다고 들었어."

"아웃렛을 당신에게 부탁해도 될까요?"

"물론이야. 처음부터 그럴 생각이었어."

제리는 준희를 향해 몸을 돌렸다.

"이제 내 시간이 다 된 거 같아요. 특별한 소년, 당신 덕에 아무 후회도 남기지 않고 떠날 수 있게 되었어요. 고마워요."

"제리 영감, 편안하게 떠나. 다른 걱정은 말고. 아웃렛은 내가 찾을게. 그 남자는 벌을 받을 거야. 너의 집사님에게 한 짓도 포함해서."

"영감……. 그 소리 듣기 좋군요. 곧 미키를 만나서 모든 일을 전해줄 수 있겠어요. 고마워요."

방 안에 있던 소파가 점차 투명해지고 있었다. 제리의 의식이 꺼져가고 있다는 뜻이었다.

"잘 가, 제리."

대화방을 나왔을 때 준희는 자신의 얼굴이 눈물로 다 젖었다는 걸 알게 되었다.

준희가 자리에서 일어서자 백발의 노인이 제리의 병상으로 다가섰다. 머리를 단정하게 빗어 올리고 정장을 입은 노인은 허리를 굽혀 제리의 얼굴을 들여다보았다. 제리는 노인을 보고 부드럽게 울었다. 제리는 그토록 그리워했던 자신의 집사 앞에서 영원히 눈을 감았다.

준희는 병실 밖으로 나와서 허성만 형사에게 말했다.

"사람들이, '내 주변에 있었으면' 하고 자신도 모르게 그리워하는 사람이 있다면 바로 제리 같은 사람일 거예요. 이 고양이는 제가 아는 누구보다 훌륭했어요."

준희는 제리에게 들은 내용을 모두 말했다. 얼마 지나지 않아 경찰은 동물 보호소 방화범의 범행 일체와 이전에 벌였던 범죄도 밝혀냈다. 며칠 동안 그 소식은 뉴스를 장식했다.

얼마 후, 병원에서 치료를 받던 박하맨이 휠체어에 탄 채 재판을 받기 위해 병원을 나서는 장면을 뉴스에서 볼 수 있었다.

그렇게 쥐의 이름을 가진 고양이 제리와 미키는 그 어떤 고양이들보다 위대한 일을 하고 세상을 떠났다. 그들의 흔적은 내 마음에 영원히 남았다.

나의 이름은

준희의 집에서 머문 지 한 달 쯤 되었다. 그때 그 일이 일어났다. 내 다리와 얼굴의 상처가 거의 다 아물고, 얼굴에 큰 흉터를 가진 절름발이 고양이로 살아갈 준비가 되었을 때였다.

준희가 학교에서 돌아와 숙제를 하고 있었고 난 그 곁에 누워서 공중에서 앵앵거리며 신경을 거스르는 파리 한 마리를 보고 있었다. 가까운 벽에라도 내려앉으면 확 잡아버릴 생각이었다. 드디어 파리가 거실 바닥의 양탄자에 떨어진 빵부스러기 위에 내려앉았고, 난 파리에게서 눈을 떼지 않고 천천히 몸을 일으켰다.

딩동. 초인종이 울리는 바람에 파리는 획 날아가버렸다. 난 반쯤 일으켰던 몸을 완전히 일으켜 세우고는 현관을 향해 몸을 돌렸다. 준희도 몸을 일으켰고 준희의 엄마는 벌써 현관문을 열고 있었다. 열린 문 사이로 햇살이 쏟아져 들어왔다. 햇살 가운데에 누군가 서 있었다. 나는 눈이 부셔서 얼굴을 잔뜩 찡그렸다가 눈을 감았다. 감은 눈 안으로 햇살 아래 서 있던 사람의 잔상이 검은 그림자처럼 남았다.

"가을아."

현관 쪽에서 소리가 들려왔다. 내 마음 속에 있던 댐 하나가 터져버렸다. 다리가 후들거릴 정도로 힘이 쭉 빠졌다.

"가을아."

그 목소리는, 내가 잃어버린 이름, 잊기로 했던 이름을 부르고 있었다. 고개를 푹 숙이고 햇살에 둘러싸인 집사님에게 걸어갔다. 내 몸은 자꾸 옆으로 기우뚱했다. 난 성치 못한 다리와 멀쩡한 다리 모두에 잔뜩 힘을 주고 한 발짝씩 내딛었다. 내 얼굴과 몸에 생긴 끔찍한 흔적들을 보고 집사님은 뭐라고 하실까.

신발 앞까지 가서는 집사님을 올려다보았다. 그 순간, 부드러운 무언가가 내 배에 닿았다. 집사님이 나를 들어 올렸다.

"늦게 와서 미안해, 가을아."

집사님이 나를 안고 내 머리에 볼을 비볐다. 난 눈을 깜빡이며 미야오옹, 하고 울었다.

"너무 고생했구나."

집사님이 내 뺨의 흉터를 손가락으로 훑으며 말했다. 집사님의 눈에도 눈물이 고였다.

내 상한 모습과 관계없이, 난 여전히 집사님에게 '가을이'였다. 난, 야옹, 하며 집사님의 니트 티셔츠를 꼭 붙들었다.

다시 만나 반갑습니다. 나를 찾아줘서, 이 모습 그대로 받아줘서 고맙습니다. 다시 이름을 불러줘서 고맙습니다.

그 옛날, 집사님은 내 이름을 지어주며 말했다.

"비바람을 견딘 열매들만이 끝까지 나무에 달려 있게 돼. 그런 열매들이 온 마을을 밝히는 계절이, 가을이야. 가을 같은 고양이가 돼. 넌 내 가을이야."

집사님의 바람대로 난 나무에 매달려 끝까지 떨어지지 않았다. 그리고 다시 가을이 되었다.

에필로그

난 집으로 돌아왔다. 집사님은 날 침대 위에 올려두고는, 이마를 덮은 머리칼을 살짝 들어 올려서 희미하게 남은 흉터를 보여주었다. 흉터는 작은 애벌레 같았다.

"그때, 자전거에서 떨어지면서 생긴 흉터야. 밤늦게 정신을 차리고 민성 씨에게 부탁해서 널 찾으러 갔었어. 아무 흔적이 없었어. 너도, 자전거도. 거기를 얼마나 많이 갔는지 몰라. 네가 돌아올까 봐서. 한동안 넋이 빠진 사람처럼 지냈어. 왜 그때, 자전거를 탔을까. 왜 너를 데리고 갔을까. 온갖 자책을 다 했어."

난 집사님의 잘못이 아니었다고, 집사님과 내 안에 담아야 할 무엇이 있었기에 일이 일어났을 거라고 말하며 집사님의 팔에 얼굴을 비볐다.

우리에게 일어났던 일은 사고였다. 사람에겐 어쩌다 한 번 일어나는, 운 나쁜 사고일 것이지만, 길고양이에겐 매일 벌어지는 일이다. 운이 좋으면 피할지도 모를 그런 사고. 그런 일이 집사님과 나를 덮쳤을 뿐이다.

집으로 돌아온 후에도, 난 집사님과 함께 내 기억을 정리하기 위해 준희의 집을 찾곤 했다. 여전히 다정한 민성이 우릴 태워주었다. 집사님은 사고 이후에 민성과 더 끈끈해졌다고 했다. 민성은 입대를 석 달 앞두고 있었고 지금은 휴학을 한 상태였다.

초여름이었다. 강한 햇살이 어디에나 우릴 따라다녔다. 우린 토요일에 민성의 차를 타고 준희의 집으로 향했다. 난 집사님의 다리 위에 앉아서 조금 열린 차창 사이로 비집고 들어오는 바람을 맞았다. 초록의 향, 타는 냄새, 마른 먼지 냄새, 빠르게 올라가는 수분의 향, 여러 냄새들이 어지럽게 얽혀 들어왔다. 섞인 색이 새로운 색깔을 만들어내듯, 섞인 냄새는 새로운 냄새를 만들어냈다. 우리 고양이들은 그걸 여름 냄새라고 불렀다. 바람은 냄새들을 마구 섞어 여름 냄새를 내 코에 뿌려대고 있었다. 계절이 지나면 다시 그리워질 냄새.

난 이제 여름 냄새뿐만 아니라, 계절이 지나면 그리워질 여러 존재의 냄새를 갖게 되었다.

"은영 씨, 우리 돌아오는 길에 저수지에 들러요. 거기서 신기한 새들을 볼 수 있대요. 가을이도 좋아할 거예요."

민성이 사람들 속에서 엄마를 발견한 어린아이의 눈으로 집사님을 바라보았다.

"그래요." 집사님은 핸들에 올리지 않은 민성의 손을 잡았다. "고마워요. 내가 사고 이후에 바깥에 나가는 걸 무서워했잖아. 민성 씨 덕분에 극복할 수 있었어."

민성은 집사님을 바라보며 말없이 미소를 지었다.

집사님은 나를 내려다보며 말했다.

"가을아, 이제 우린 셋이니까 무슨 일이 생겨도 걱정할 필요 없어. 서로가 서로를 지켜줄 거야."

난 집사님의 손을 핥으며 울었다. 야아아오옹.

"누나, 머리 했어요? 예뻐요."

준희가 나를 받아들며 집사님에게 말했다.

"오, 준희, 눈썰미가 대단한데? 고마워."

집사님이 활짝 웃었다.

"작가님, 민성 씨 오셨어요? 가을이도 안녕."

준희 엄마도 우리를 반갑게 맞아주었다.

준희 집 거실에 있던 캣타워는 그대로 있었다. 사람들이 차를 마시는 동안, 난 캣타워에 올라가서 놀았다.

"원고 작업은 잘되고 있나요?"

준희 엄마가 재스민 차를 식탁에 내려놓으며 물었다. 재스민의 향긋한 냄새가 캣타워 위까지 스멀스멀 올라왔다. 난 기분이 좋아져서 눈을 감았다.

"네. 준희 덕에 정말 잘 풀리고 있어요."

집사님이 말했다.

차담이 끝나고 우린 준희의 방으로 갔다. 준희는 고양이 쿠션 위에 나를 내려주었다. 집사님과 민성, 그리고 준희는 내 앞에 앉아서 이야기 들을 준비를 했다.

"그럼 시작할게."

집사님이 스마트폰의 녹음 버튼을 눌렀다. 준희는 내 눈을 응시했다.

이내 우리의 대화방이 생겼다. 방엔 책상과 서류 캐비닛이 있었다. 준희는 서류 캐비닛에서 종이 뭉치 하나를 꺼내와서 책상에 올려두고 의자에 앉았다. 그 종이 뭉치는 내가 겪었던 일을 날마다 마음속에서 써내려 간 기록들이었다.

난 종이를 넘기며 차례대로 준희에게 들려주었고, 준희는 내 말을 소리 내어 반복했다. 그렇게 내 기록들이 사람의 언어로 기록되고 있었다.

집에서 집사님은 책상에 앉아 녹음 파일을 재생시키며 내 이야기를 글로 썼다. 얼마 전부터 우리 모두는 함께 그 일을 하고 있다.

"가을아, 이제 거의 다 왔어. 제목은 뭘로 할까. 내가 생각해봤는데, 네가 썼던 이름을 그대로 쓰면 어떨까 싶어. '아웃렛' 말이야. 이건 가을이가 '아웃렛'이던 시절의 기록이니까."

난 좋다는 뜻으로, 이야옹, 하고 울었다.

'아웃렛'이 책이 되어가는 과정은 행복했다. 그 행복은 단순히 내 이야기가 기록되기 때문이 아니었다. 내 이야기 속에서 살았던 모든 소중한 친구들이 잊히지 않고 책을 통해 되살아나서 기억된다는 게 기뻤다. 그들은 기억할 만한 가치가 있는 존재들이니까.

아웃렛이었을 때, 난 예전의 이름을 잊었지만, 이젠 그 어떤 이름도 잊지 않을 것이다. 난 수시로 아웃렛으로 돌아간다. 어둡고 차가운 주차장 바닥에서 눈만을 반짝이고 있던 그때로.

밤이 찾아오면 깜깜한 거실 소파에 엎드려 창밖에 내린 어둠을 바라보곤 한다. 그러면 남색의 하늘에 친구들의 모습이 하얗게 돋아나서 내게 인사를 건넨다.

"잘 살아. 살아남아, 아웃렛."

*

"가을아, 오랜만에 동네 구경 좀 하고 올래?"

아그네스와의 일을 알아버린 집사님이 내게 자주 나갔다 오겠냐고 묻는다. 비가 올 것처럼 흐린 오후, 처음으로 집사님에게 그러겠다고 대답하며 문을 긁었다. 내가 나가기 직전에 집사님이 말했다.

"가을아, 아그네스 있잖아. 한번 찾아보려고 해. 내 능력을 총동원해볼 거야. 민성 씨도 같이 도울 거고."

난 벌써 아그네스가 내 곁에 온 것 같은 기분을 느끼며 집사님에게 다가가서 다리에 내 목덜미를 비볐다. 집사님이 날 들어서 꼭 껴안아주었다.

집을 나서서 아그네스의 집이 있던 쪽으로 걸었다. 가로수가 이어지는 길을 따라가다가, 주택가 쪽으로 꺾어 들어갔다. 주택가의 낡고 빛바랜 벽은 여전했다. 바닥의 시멘트가 깨진 틈으로 자란 민들레가 골목 한쪽을 밝히고 있었다.

광이 나는 황토색 대문집 앞에 멈춰 섰다. 아그네스가 살았던 집. 대문은 굳게 닫혀 있었다. 아직 누구도 이사 오지 않은 모양이었다. 난 대문 앞에 엎드려서 아그네스와 함께했던 시간을 잠시 떠올렸다. 즐거운 기분과 아려오는 마음이 동시에 느껴졌다. 생각에 빠졌다가 일어나서 주택가 골목을 계속 걸어 들어갔다.

녹슨 청록색 대문이 조금 열린 집 앞을 지나는데 누군가의 목소리가 들렸다.

"길고양이야? 모습은 딱 길고양인데."

담 위에 어린 치즈냥 한 마리가 앉아서 날 내려다보고 있었다. 난 멈춰서 그를 올려다보며 말했다.

"둘 다야. 집고양이면서 길고양이지. 이 동네 사는 모양이지?"

그가 내 앞에 내려앉더니 털을 잔뜩 세우고는 말했다.

"어디서 온진 몰라도, 여긴 내 구역이야."

"진정하라고. 알았어. 네 구역을 넘볼 생각은 없어. 너, 집고양이였구나?"

난 그가 버려진 지 얼마 되지 않은 고양이임을 알아보았다.

"그걸 어떻게 알았어? 한 달쯤, 됐어."

그는 옛 생각이 나는지 금세 경계를 풀고 아련한 눈빛으로 날 바라보았다.

"이름이 뭐야?"

내가 물었다.

"레미."

"재미있는 이름이구나."

레미는 담에서 사뿐히 뛰어내려 내 앞에 앉았다. 좀 전까지 바짝 섰던 레미의 털은 어느새 가라앉아 있었다.

"레미는 애니메이션에 나오는 쥐 이름이래. 게다가 주방에서 요리를 하는 쥐래. 황당하지? 주방에서 요리하는 쥐라니! 하필 우리 작은 집사님이 그 영화를 보고 감동을 받았을 때, 내가 태어났지. 형은 이게 이해돼? 고양이한테 쥐 이름이라니! 형이라고 불러도 되지?"

"그래, 그렇게 불러도 돼. 내 이름은 가을이야."

"형은 근처에 살아?"

"긴 여행을 갔다가 얼마 전에 돌아왔어. 저 아랫동네에 살아."

"와, 여행. 집사님 여행에 따라가면 좀 성가시지 않아?"

"혼자만의 여행이었어. 좋은 여행이었지. 사랑스러운 쥐도 만나고, 멋진 고양이들도 만났거든. 그들도 쥐의 이름을 가진 고양이들이야. 나도 한때 쥐의 이름을 가졌고. 너처럼 말이야."

"궁금한데?"

"아주 긴 이야기야. 만날 때마다 들려줄게."

"좋아."

레미는 노란 털을 흔들면서 좋아했다. 영락없는 어린애였다.

"너, 이 동네, 잘 알아?"

내가 물었다.

"아직은 잘 몰라. 사실 다른 길고양이들한테 쫓기다가 얼떨결에 여기 도착했거든."

"살아남으려면 주변을 잘 아는 게 중요해. 내가 동네를 좀 안내해줄게."

난 그 어린 고양이와 천천히 동네를 돌면서 내가 알고 있는 것들을 다 말해주었다. 아그네스와 함께했던 시간이 내게 가르쳐준 것들이었다. 다시 청록색 대문집 앞에 돌아왔을 땐, 하늘이 무겁게 내려앉아 있었다. 곧 비가 올 거라고, 무거운 공기가 내게 알려주었다.

레미는, 내가 자전거 도로에서 집사님을 기다리며 지었

던 것과 비슷한 표정으로 나와 작별 인사를 나누었다. 난 가
다가 뒤돌아서서 레미를 향해 외쳤다.

"레미, 몸조심해. 자주 올게."

레미가 웃으며 인사를 건네주었다. 집사를 잃은 지 한 달
밖에 안 된 고양이치고는 무척 밝았다. 아니, 밤마다 남몰래
흐느낄지도 모르겠다.

빗방울이 떨어지기 시작했지만 서두르지 않았다. 집으로
돌아가는 길 위에서 내 몸은 흠뻑 젖어버렸다. 돌아가는 동
안, 이젠 내 곁에 없는 이름들을 불러보았다. 비가 아무리
와도 젖지 않을 이름들을. 그리고 그들의 냄새를 떠올렸다.
계절이 지날 때마다 그리워질 그 냄새를.

작가의 말

　몇 해 전, 그 하얀 고양이를 만났다. 도시 외곽, 차로 한 시간 거리의 아웃렛에서였다. 먼 도시에서 볼일을 보고 돌아오는 길이었다. 아내가 그 아웃렛에 들르고 싶다고 했다. 그래서 낯선 지역의 아웃렛 주차장으로 들어섰다. 녀석은 차 위에 올라 앉아 고양이 세수를 하고 있었다. 주차를 하고 차에서 내리자, 녀석도 차에서 내려와 천천히 다가왔다. 주저하는 기색은 없었다. 배가 고파 보였다. 마침 보랭 가방에 들어 있던 우리 아이 우유를 하나 뜯어줬더니, 할짝할짝 잘 마셨다.

아웃렛 직원에게 고양이에 대해 물어보았다. 녀석은 어릴 때 아웃렛 주차장에 나타났고, 주차장 주변을 오가며 지낸다고 했다. 두어 번 임신과 출산도 경험했는데, 새끼들은 죽거나 사라졌다고 했다. 가끔 직원들이 사료를 준다고 했다. 집에 돌아와서도 아웃렛의 고양이가 생각났다. 다시 갈 일 없는 아웃렛의 고양이에게 해줄 수 있는 건 별로 없었다. 해당 지역을 관할하는 구청의 홈페이지에 접속해서 중성화 수술을 신청했다. 구청에 전화도 했다. 사업 담당자는 1차 사업 예산이 소진되었고, 곧 확보되는 대로 진행하겠다고 했다. 얼마간의 시간이 지나고 그때 들렀던 아웃렛도, 고양이도 내 기억 속에서 잊혔다.

그러다 문득, 그 고양이가 생각났다. 만약에 그 고양이에게 집이 있었다면 어땠을까. 그랬다면 고양이 집사는 잠 못 들며 반려묘를 그리워하겠지. 난, 주인을 잃고 떠도는 고양이를 집으로 돌려보내주고 싶었다. 상상 속에서라도. 그렇게 아웃렛 주차장에 살게 된 고양이 이야기를 쓰기 시작했다. 스스로 '아웃렛'이라는 이름을 붙인 하얀 고양이는, 밤만 되면 캄캄한 어둠을 응시하며 지난 일을 추억하고, 삶에 대해 깨달은 것들을 이야기한다. 그것이 소설의 시작이었다.

아웃렛의 이야기는, 집사와 그 주변 사람, 아웃렛이 만난 존재들의 이야기로 조금씩 확장되어 갔다. 경계 안에 있다가, 경계 밖으로 튕겨져 나오면서 전혀 다른 종種이 되어버린 고양이는 이 세계의 모든 존재가 마주하는 모종의 경계를 인식한다. 우리는 모두 보이지 않는 경계를 의식하며 살아간다. 그 경계 밖으로 밀려나면 큰일 날 것처럼 여긴다. 그렇지만, 경계 밖에 있다고 해도 온기를 잃어버리는 건 아니다. 이 소설에서 그 실낱같은 온기를 이야기하고 싶었다.

지난 몇 년 간, 원고는 아웃렛처럼 성장과 변화의 과정을 겪었다. 긴 여정을 거쳐 원고는 결국 제 집을 찾았다. '나무 옆의자'라는 따뜻한 집에서 『아웃렛』을 반겨주어 감사하다. 원고 더미 속에서 아웃렛을 발견하여 출판의 울타리 안으로 이끌어주신 전강산 팀장님께 특별히 감사드린다. 수화기 너머로 목소리만 들어도 따뜻한 분임을 감지할 수 있었다. 조각을 다듬듯 세심하게 원고를 살피고 다듬어주신 하지순 편집주간님과 장편소설 『아웃렛』 제작에 함께해준 출판사 가족들께도 감사드린다.

이 소설이 아웃렛처럼 강한 생명력을 발산하며 오래 독자들을 만나길 소망한다.

2025년 2월 겨울날에

송광용 드림

아웃렛

초판 1쇄 인쇄 2025년 2월 12일
초판 1쇄 발행 2025년 2월 19일

지은이 송광용
펴낸이 이수철
주　간 하지순
편　집 송규인
디자인 박예진
영업관리 최후신
콘텐츠개발 전강산, 최진영, 하영주
영상콘텐츠기획 김남규
관　리 진호, 황정빈, 전수연

펴낸곳 나무옆의자
출판등록 제396-2013-000037호
주소 (10449) 경기도 고양시 일산동구 호수로 358-39 동문타워1차 703호
전화 02) 790-6630 팩스 02) 718-5752
전자우편 namubench9@naver.com
인스타그램 @namu_bench

ⓒ 송광용, 2025

ISBN 979-11-6157-212-3　03810